孙三友 ◎ 著

松竹梅集

SONG ZHU MEI JI

哈尔滨出版社
HARBIN PUBLISHING HOUSE

图书在版编目（CIP）数据

松竹梅集 / 孙三友著. -- 哈尔滨 : 哈尔滨出版社,
2024.6
ISBN 978-7-5484-7822-5

Ⅰ. ①松… Ⅱ. ①孙… Ⅲ. ①中国文学－当代文学－
作品综合集 Ⅳ. ①I217.2

中国国家版本馆 CIP 数据核字（2024）第 070093 号

书　　名：**松 竹 梅 集**
SONG ZHU MEI JI

作　　者：孙三友　著
责任编辑：韩伟锋
封面设计：树上微出版

出版发行：哈尔滨出版社（Harbin Publishing House）
社　　址：哈尔滨市香坊区泰山路82-9号　　邮编：150090
经　　销：全国新华书店
印　　刷：武汉市卓源印务有限公司
网　　址：www.hrbcbs.com
E-mail：hrbcbs@yeah.net
编辑版权热线：（0451）87900271　87900272

开　　本：880mm×1230mm　　1/32　　印张：8.75　　字数：189千字
版　　次：2024年6月第1版
印　　次：2024年6月第1次印刷
书　　号：ISBN 978-7-5484-7822-5
定　　价：88.00元

前　言

　　想给自己出一本集子，是我多年的愿望。早先在工作之余，总是将自己一些感想写成文字，零散地放在电脑里。有时是所谓的诗，有时是所谓的词，而更多的是对自己少时生活学习和成年后工作理解的杂文、散文之类的文字。当时的确没有编辑成书的一丝想法，总感到人家的著作是那么的高大上。我这个人当过几年兵，上过一点儿学。虽然在中国建筑工业出版社出版过四本专业著作，也在清华大学和施工企业协会培训和授课。但那是与自己专业高度相关的，自感与文集作品水平的要求还是相差十万八千里。人贵有自知之明，像我这半瓶子醋是断断不能与文学大家、企业大家的作品相比，但仰慕之心一直存于心中。

　　按照身份证上的年龄记载，我是 1960 年 11 月出生的，应于 2020 年 11 月退休，但在临近退休之年又被返聘了几年。就在这几年的工作之余，创作的冲动和集成自己粗浅文字的欲望经常撞击内心。时常想把自己写的东西整理一下，在抚慰自己内心之外，也分享给亲戚、朋友、战友和同学，让他们批评、指正，让我获得一些新的自我认知。于是就将这些文字收拢了一下，按照诗词和杂文的时间顺序进行了编辑。限于自己文学水平和天资有限，诗词作品中未对平仄应用特别关注，仅对韵进行安排。主要原因是注意了平仄方面的格律要求，就写不出自己想表达的意思，这点请大家批评指正。

照片主要是本人近二十年时间内，在京城、杭州、林芝、拉萨、三江源、甘南、川西、滇北、黄山、东北雪乡、吉林雾凇等地拍摄，照片未进行后期处理。今后如果可能的话，将择期去318国道、甘南、云南、西藏、三江源等地进行拍摄，再进行后期优化。假如还有机会，再出版一本摄影集子，便足慰平生。

我姓孙，名三友，名字源于一副对联，即："松竹梅岁寒三友，桃李杏春风一家"。有趣的是，我在杭州工作时有个同道之人，她是一家上市公司的财务总监，叫李春风。其中"春风"是否源此对联就不得而知了，但她好客、热心、认真、专业的态度让人印象很深。我不敢将这个集子取名孙三友文集，也不敢叫松竹梅文集，只能勉强称为《松竹梅集》。即使这样，我仍觉得污了老师和大家眼睛，但聊以自慰，姑且名之。

《千字文》的起头语是："天地玄黄，宇宙洪荒。"大千世界的天地过往对我们来讲真的很奇妙，我经常仰视星河、俯瞰流水；住在城市、留过老家……常常面对形而下，也在许多时候思考形而上，但总有许多的想不明白，更与通透沾不上边。其实我就是一个普通得不能再普通的凡人，知道无法改变世界的一点点，甚至连自身也难以改变。可总在尝试着，做了许多无用之功，说了许多讨嫌之话。是成功还是失败，或成功了多少与失败了多少，只能交给老天去评判。有些人讲科学的后面是神学，神学的后面是玄学，本人真的不知道，也显得很苍白。

我这一生，从出生地江苏高邮一路走来，历经十五个城市，其中有2～3次往返经历过的，比如上海、南京、深圳。

但在我内心深处，杭州、南京和深圳记忆最深，上海是退休后最后的安身之地，但在这个大都市，我常常感到自己是半个外人。

感谢生我养我的那个小小乡镇，感谢容我留我的城市、企业，有些城市对于我而言就是一个过客，有些我却留下了许多足迹，但每个地方都给了我那么多心灵记忆和人生帮助，使我涕泣，让我感动。一草一木皆是师，一山一水总是情。对于无限的宇宙来讲，任何物理存在都在发生变化，有些随着时间化为虚无，但我还是想在这个世界上留下一丝痕迹以告慰自己。虽然人生十有八九不如意，但只要有一二回报就是阳光雨露，就是蓝天彩虹，就是满满的幸福。

2023 年 11 月 30 日于上海

目 录

第一部分 格律诗部分

七律 六十三年十五城记

　　2012年6月正是江南的梅雨季节，我的家乡也是水的王国。河和水从我心中时常流过，但又不知从何说起，于是赶紧回家用七律长篇叙诗形式，将自己的工作经历和感悟记录了下来，因此才有引言部分面对西湖时的感言。后来到深圳、南通、贵阳，最后返回上海，又陆续写了一些。后记寄予了自己对今后的向往，借以抒发对生命的理解和心路感叹。

引言 2012年6月

江南梅雨四十天，老生客乡梦中愁。
保俶塔旁阵阵雨，南山路上重重楼。
桃花昨晚随风去，南山今早蝶影幽。
断桥一弧追人忆，曲院西风渡莲舟。

秋深霜浓月渐寒，槐安梦醒问谁家。
半世痴迷读残书，余生愚拙沽旧茶。
东西南北人间事，书剑封尘染霜花。
愿助扬子东流宽，欲伴夕阳照天涯。

万里江山烟雨迷，千年曲直天为理。
人生有怨须终醒，世事无凭难自啼。
风送落花春寂寞，月移疏竹鹭独栖。
此身已作浮萍梗，颠沛往返十五池。

一 高邮 1960年11月—1978年12月

滔滔运河说杨广，始皇邮亭盂城驿。
一沟二沟三垛镇，断刀烽火辽兵急。
沟渠如网水连天，年年梅雨农忙时。
洪水未退人难退，借舟寻助高台栖。

少时动乱偶饥寒，豪雨折断旌旗杆。
妖风卷走茅屋草，漫雪冰封四野寒。
腊月冰凌稚手握，夏日童戏芦苇间。
幸得残书对灯影，梦驰赤兔玉门关。

二 辽阳 1979年12月—1979年3月

裹满书本戍边外，朔风润州火车站。
汽笛夜离御码头，关外情记白塔寒。
山巅沟壑石化城，半夜野风天无颜。
身在塞外终不悔，辽州春迟风雪餐。

三 济南 1979年3月—1980年8月

盂月冰封泉城郊，黑鸟高歌枯树荒。
阴霾靡靡大青岗，惊雷阵阵党家庄。
绿水才满趵突泉，千佛寺前紫风长。
大明湖畔夏日迟，渝州再逢锦书香。

四 重庆 1980年8月—1982年6月

七月流火沙坪坝，双川汇流朝天门。

江水咆哮朝霞浅，山影晚风余光深。
借车午后北碚近，安步晨起南山林。
都说山城多酷暑，渝城冬冷雾添昏。

千笔粗绘三面图，膝没凉水肘缠布。
图书馆里不眠夜，渝碚路外人渐疏。
毕业登高天鹅岭，星河巧落山城夜。
静心一读百年书，从此山城入梦图。

五 南京 1982年6月—1990年1月

夜出山城宿万州，三峡左出葛洲坝。
滔滔巨轮留下关，滚滚长江泛金华。
大街小巷梧桐树，龙盘虎踞蔷薇花。
旧日宫城野草多，秦淮河边半杯茶。

东晋遗风台城边，王谢堂燕百姓家。
白鹭洲头听歌声，燕子矶前浪打崖。
风雨雕石石见品，霜露润松松更华。
曾寄男儿四方志，卧龙岗前三亩洼。

有女冬前降人间，初为人父忙不乏。
冷夜儿唤六次起，混沌七餐梦中答。
无绣罗衣日日新，碗中小鲜时时夸。
车载小女吟唐诗，长巷深处唱歌娃。

金陵八年难释怀，玄武湖畔独人家。
尧化门前阴风夜，迈皋桥后四季花。
挹江门头涛声近，铁心桥旁几重霞。

茫然四顾不识君，逆转沪北试新茶。

六 上海 1990年1月—2000年6月

南京路上南北音，十里洋场入梦深。
旧日风光如昨夜，新年景物似而今。
浦江两岸人相闻，百年楼峨风自吟。
此去天涯应咫尺，何时重现九州尊。

百年浦东彩云飞，万里碧空日月归。
世路多歧人间事，漫道雄心天有机。
江山满目风波壮，四季花散晨星稀。
莫怪登高频长望，青春已过三十非。

百里浦东起高楼，满眼星辰水上浮。
十二时光风吹扇，三千世界雨打头。
总部迁沪梦成真，源深路上春雨稠。
我欲乘槎天外去，扶桑日出看神州。

七 南京 2000年6月—2004年2月

七月石城流电火，狂风骤雨惊破船。
双木欲支大厦倾，老屋舍我难宽安。
恰似无风断线筝，更如飞矢不恨弦。
青天独上揽明月，五洋孤灯足险滩。

冬季日日盼春华，天沉时时向雕栏。
劝君还我共工力，重整乾坤挽狂澜。
三年补锅虽无情，世间公道天正还。
临行百酒无涕泪，太平门外志未酣。

5

人生一搏无憾事，风高浪急两肩担。
我笑蝉虫不识道，成败颠倒任奸馋。
神仙不助振臂去，愿留紫金天地间。
偷时自省心中事，换得天马百里鞍。

纵横捭阖非常态，顺逆浮沉留心间。
水穷冷对晨江雾，云散笑看星河弯。
世人皆道事如梦，命薄能过居延关？
多情笑我夫子庙，正德桥下月半眠。

八 上海 2004年2月—2006年4月

夏日蝉鸣源深路，前时荒丘换新颜。
清茶一杯对道观，三人六目半句难。
即登黄山雪满天，欲过长江无樯帆。
我待天公重抖擞，弯弓大漠射天蚺！

九 北京 2004年4月—2007年12月

举杯邀月星河冷，燕云中秋水波澜。
酒中自有真滋味，荣辱得失几时甘。
借问何时雁南归，霜稀云追雁荡山。
秋风时节对天问，雪深常念茱萸湾。

寒霜蓬下犹可直，秋雨夜长不动颜。
长望西山天一色，回眸轻笑罗绣衫。
从来圣贤多寂寞，唯有功德换人安。
纵然天崩壮士死，风流人生几百年。

十 深圳 2008年12月—2009年6月

岭南四季无雪天，深圳河畔三十年。
当说取舍珠江水，仍为起伏五岭间。
新洲南北十里路，滨海西东百里延。
惊叹国人多奇志，渔村一梦深圳湾。

粤味清淡润心肺，湘菜浓辣助味咸。
一杯苦茶解百燥，深巷烤肉烟火滩。
常思一口妃子笑，累死汗血马千鞍。
独上前海对港龙，珠江浪平寻幽燕。

十一 杭州 2009年6月—2015年5月

春雨一夜润无声，绿纱轻笼十八涧。
夏时炎日西湖边，氤氲缭绕凤凰山。
秋风浩荡万里来，北山路上梧桐寒。
冬日飞雪杭城夜，惊醒断桥六角檐。

万年良渚钱塘北，千秋钱王保俶山。
百春济公灵隐寺，十载城西留下庵。
曲院雪初赏残荷，葛岭春花夜不眠。
白堤遥问孤山星，夜深畅想植物园。

侧耳聆听心中曲，远看湖中载花船。
江湖处处皆险阻，百折不弯锦书还。
钱塘潮起浪千尺，惊涛拍岸雪花翻。
纵是源头溪一涓，百折过后报狂澜。

待到中秋月满轮，遥举金樽三正圆。
一唱风轻江水平，再言天高北峰蓝。
乘时东西南北游，三江源头几时闲。
莫论他人春秋事，一杯浊酒幽栏边。

十二 深圳 2015年5月—2017年9月

旧友相约大鹏湾，半百自笑闯龙潭。
苍鹭云托朝阳起，疑是彩凤带秋还。
昔日渔村三里地，车摇影动过水关。
平安擎柱拔地起，春色常绿莲花山。

深圳四季无寒露，昔日朱栏几人闲。
无风不是天阙台，无浪岂是红树湾。
坐倚凤阁红帐中，安知百驹过千山。
病中抱残一壶酒，忧人独爱红栅栏。

自古将军得胜酒，无定河边羌笛残。
多少英雄来追梦，空留残灯照风影。
英雄顺逆两载多，西风愁起月倚帆。
天南海北几万里，红棉树上花正燃。

寒风吹灭玉台烛，星君泪落娘子关。
思量无边欢情误，败向龙城度阴山。
婵娟一夜遥万里，瑶池月上百岁餐。
归乡新雨辰时到，竹子林下换新坛。

十三 南通 2017年9月—2019年2月

霜降时节天骤凉，寒水长堤两茫茫。

白鹤念旧难舍去，灰鹭试新沙洲旁。
一场新雨天地清，半山红枫凭夕阳。
长笛一曲东海边，悠悠白云江天上。

新菊吐蕊幽丝长，残荷傲立对冷霜。
秋水蜿蜒东流去，秋叶回转碣石旁。
几人池旁摇新月，子时秋深月楼上。
我笑心潮无涛伴，珠帘轻敲半夜窗。

寒水茫茫月初出，荷塘瑟瑟霜似霰。
夜深月印柳枝错，清雾半笼半芦荒。
记得前时明月夜，何时月圆东海上。
昨日扁舟寻不见，涛声送来破锦囊。

断堤夜静闻涛声，星河散落扬子江。
江岸落帆田野静，江风潮水夜未央。
壮士一声接天外，清音遥遥昆仑冈。
人生代代无穷已，潮起潮落亿年长。

秋来圆缺月常事，天外潮水独自伤？
四时轮转皆天意，海水涨落接大江。
今夜几人共明月，古来江海同月光？
月色此时方正好，遥寄通州雪文章。

十四 贵阳 2019年2月—2020年3月

黔州山水甲桂林，冬有碎阳夏有阴。
女娲金叉马岭河，兴义万峰紫霞林。
荔波七孔接南丹，雷公山后蚩尤魂。

盘江咆哮黄果树，梵净山顶千里云。

阴雨阵阵何日晴，难忍病树压万身。
白宫九重风萧索，恰似鼙鼓渔阳昏。
自古政商都分道，奈何雪岩朝露臣。
秋雨梧桐叶落时，夜郎哭书丑时焚。

一年风雨蓑衣在，此时无声胜有声。
春早新风吹柳絮，冬来梅骨雪又新。
筑城不是王屋山，愚公四季无道循。
可叹朝霞晚忽雨，南柯一梦泪纷纷。

秋叶窗前胜凉风，冬雪山后输梅身。
黔江曲折分白后，空对西下明月村。
最是无奈梵音里，夜来煮酒言亦真。
欲说人间多少事，山水留白自有恩。

十五 上海 2020年3月至今

嘉闵高架云边来，西郊苍龙江浙行。
昔日野花寻不见，千里长风锦绣庭。
黄昏长龙流金光，朝霞水映四叶灯。
遥看机场鲲鹏起，从此城西不夜城。

西出六里夏都镇，百彩灯下万国情，
酒吧鼎沸灯下影，一觉方知平安名。
沪上东移浦江岸，旧时商埠霓虹灯。
百年松江成旧府，申长西接南郊林。

旧时夜半对天问，花草星辰如何平？
遥看天庭才一日，世间冬夏万里程。
人生起伏寻常事，春秋鼎立君难言。
江河日落白鹭起，几家灯火几家明？

涓涓流水何处去，千川汇流东海赢。
关山岁月何为雨，滔滔江河不绝情。
太白海客谈瀛洲，蓬莱茫茫不见城。
滚滚江水天上来，霞飞雾转昆仑庭。

后记 2022年1月9日

竹摇风荷送香茗，午后半酣追梦音。
少年结伴寻知了，今日蝉蜕石榴身。
桑榆时分问天庭，世事缥缈飞彩云。
诗仙天边偷玉杖，鲲鹏展翅西昆仑。

月复斗移难计数，云水腾转不复形。
书到尽头问神玄，百事开篇论纵横。
星稀天河西北望，不见雨前翠微情。
重拾旧趣登五岳，云贵川渝万里行。

寒来林深雪扫楼，云低潮水天无声。
树摇绿风花留影，窗含雷雨舟难停。
一山一水半文章，半风半雨一身轻。
集庆人家追光影，江风渔歌满广陵。

2012年6月30日—2023年10月1日于工作相关地点

11

松竹梅集

五律 雨后游西湖有感

2006年4月22日上午，中国建筑业协会请我去杭州进行施工企业成本管理培训，会后抽空去西湖。由于时间紧只得打车到断桥，从断桥自白堤走到岳王庙，此时蔷薇花开，虽是桃红柳绿之时，但由于雾气漫溢，天色铅垂，近目还有，远眺却无，心境特为不好。

西湖绿春雨，柳烟红衣罗。
燕子归来晚，莺声似如歌。
花开太子湾，叶落小瀛洲。
雾笼寻常看，芳菲远我何？

2006年4月22日于北京住所

七律 秋日心语

　　是年秋，本人去大连出差，晚上在宾馆附近溜达，此时
的大连已经秋色满天，凉意十足了。但秋天仍然是一个十分
迷人的季节，它的丰盈和淡然，以及让人对来年的憧憬还是
充满希望和平静的。

　　　　秋雁南飞晚生凉，落英凋叶满山岗。
　　　　游客心语岁月止，中秋送来半夜霜。
　　　　红尘醉眼烟成雨，长巷金桂留半香。
　　　　繁星长伴菊花黄，月夜风绕梦里乡。

2004 年 10 月 10 日于大连

松竹梅集

14

七律 湘水寄言

本人时任中建总公司财务管理部副总经理，有领导曾推荐去五局任总会计师，但由于种种原因未能如愿，留下遗憾。但我觉得，当你失去一样东西时，会有另外一个机会等你。

星辰明暗在心头，湘水曲折自古流。
岳麓千丈皆耸翠，洞庭八百尽清幽。
功名富贵真如梦，事业文章可上楼。
我辈英雄可聚散，何须俯仰计春秋。

2006 年 8 月 10 日于北京总部

卜算子·冬日赋

2007 年总公司于昌平军都山附近召开年会，几天来阴风阵阵，寒气逼人，山色苍茫。宾馆外一处假山边腊梅正在悄悄开放，让人心生许多喜欢和敬意。

朔风军都山，天寒无雪飘，
确尽山河苍茫处，此时登高早。
眺虽无绿色，凛然精神好，
遥遥燕山八百里，悠悠太行骄。

揽余众山川，月孤西山郊，
还笑有人不识景，独爱江南潮。
人生几时妙，非等春风邀？
任凭山阴妖风吼，梅开石涧骚。

2007 年 1 月 25 日于北京昌平区军都山

松竹梅集

沁园春·毕业二十五年同学聚会

　　2007 年，基建工程兵第一技术学校建筑经济专业 82 届毕业 25 年纪念聚会。在北京怀柔雁栖湖边的中建出国人员培训中心举行，本次聚会由本人和汉忠、正旺等在北京的同学策划安排，大家非常高兴。学员队长和教导员也一并参加，大家话别 25 年再相聚，情义非常浓烈，最后相约择时再相聚。

　　丁亥丙午，燕郊明月，浪花拍岸。
　　追萤光远去，繁星点点，水色一线，山峦渐暗。
　　司马台边，雁栖湖畔，水清沙白梧桐晚。
　　应莫忘，夕阳西下时，斜光疏影，烟波浩渺。

　　巾帼把酒何如？当歌舞水榭天地间。二十五年后，酡容泪沾。
　　翠袖须眉，难忘流水，韶华虽过，桑榆贤颜。
　　记得山城读书夜，豪情间，再举杯三次，醉倒玉栅。

2007 年 6 月 20 日 于北京怀柔

七律 独立斜阳看江烟

十二楼台江碧空，星辰跌落水烟寒。
云开京城三百里，春满江南五千年。
万象江川山冈事，千里长河天助宽。
此身已分半尘土，独立斜阳照江烟。

2007 年 10 月 2 日于北京总部

七律 归来广陵借蓑衣

三年半客厌浮华，醉眼看山天无霞。
万顷烟波迷远近，百里苍树隔天涯。
风前短笛月相伴，雨后长歌江南家。
归来广陵借蓑衣，竹前香起半壶茶。

2007 年 8 月 16 日于北京住所

七律 秋韵

　　9月的北京已是秋色渐浓的时候，秋天应该是一个收获的季节，一个令人向往的季节，但也有许多人有些悲秋，主要还是职场、生活、家庭或其他一些方面不如意吧。但不管怎么样，每个季节带给人都是不一样的感受，即使同一个季节里，由于我们的境遇不同，也会有不一样的解读与理解，我就是其中之一。许多人都想到总部工作，但我可能长期在公司和工程局工作，对总部的管理文化理解不深刻，在同一件事情上，也难免有与他人理解不一致的地方，但我认为主要还是自己需要改进和调整的。

冷雨晨时沐老藤，凉风夕照天西沉。
华发日增寻老友，雁声南去归旧程。
山中猿鹤应相笑，世上功名九代恩。
何人解得闲身在，石头城上李家灯。

2007 年 9 月 3 日于北京住所

雨霖铃·秦淮中秋

是年秋，从北京到南京出差，周末两天在南京浏览了几处景点，特别是牛首山、燕子矶和夫子庙。

夕阳西坠，天际空碧，晚风抚新菊，又是一轮清月。

雁南去，碧水泛白，牛首山¹多妩媚。

汽笛一曲处，燕子矶上²，青衣红，不说离愁换人醉。

千年不尽秦淮水，便道是，女儿心中泪。

凭栏望桃叶渡³，多少情，月分桥半⁴。

愁又何如，残灯花影几人新醉？正是云消烟散时，今夜无人寐。

注：

1. 牛首山：南京城南著名的景点之一，多人介绍南京时，常讲春游牛首。

2. 燕子矶：南京城西著名景点之一，现在长江南岸，山石直立江上，三面临空，形似燕子展翅欲飞而得名，建有凉亭等建筑，此处远眺长江东流，很有体验。

3. 桃叶渡：南京夫子庙秦淮河东一处景点。

4. 月分桥半：传夫子庙秦淮河的正德桥于每年农历八月十五，站在桥上可看到月亮在桥的两边各有一半。

2007 年 9 月 25 日于南京某宾馆

七律 来年可会报春风

　　昨天中建总公司财务系统讨论和制定新的会计制度时，住西郊植物园里面的卧佛山庄，里面有寺无僧，有人无气，但周围风景特佳，确是休息和静心的理想之地。

半壁斜阳几度秋，禅院苍柏掩重楼。
卧佛寺里僧何在，植物园边水悠悠，
万古兴亡春秋笔，百年人事寂寞休。
夜深独倚栏杆望，幽月仍挂西山忧。

2007 年 9 月 30 日于北京西郊植物园

五律 雨后今日晴

　　今天是国庆长假最后一天，本人提前返回总部上班。当天无事，在公司办公室待了一天，窗外西山可见，夕阳天远。一年即将过去，人生太快，感怀甚多。

雨过西山近，秋意满皇城。
天晚风吹叶，月照半夜霜。
清香留几夜，瘦影宽衣裳。
梦中篱边菊，依然傲天芳。

2007 年 10 月 7 日于北京住所

五律 长歌不去愁

初秋的北京增光路上，我从公司下班，走路返回宿舍。当晚凉风习习，街上行人渐多，多半行色匆匆，目不斜视，也有少许行人无所事事，沿路散步闲聊，但在秋色渐重的季节里，对于一个外乡人还是有许多感触的。

我爱陶彭泽，晚来三径僻。
房前五柳疏，屋后千峰碧。
有酒今日欢，无酿何足惜。
人生百岁间，富贵如朝露。

2007 年 10 月 9 日于北京住所

松竹梅集

24

五排 十月小阳径

　　前几日与朋友相约登北京香山，十月的北京已是秋色渐
浓的季节，香山枫叶红透，蓝天如洗，远处山峦如同中国画，
景气甚是迷人。站在山顶，遥望南方，此时广陵城应还是初
秋时节，回乡度假的想法油然而起。

前日香山红，登高应北风。一夜何凛冽？萧瑟满京城。
地阔凋颜色，霜打丰台营。天高夜渐长，雾起下广陵。

岁末增光路，意意江南情。偶过钓鱼台，红墙遮彩坪。
年年秋风到，白露化霜凝。夜深难忘志，冬尽应春回。

北国少旧人，深潭环新萍。风吹荷叶动，空楼寒烟滨。
南国有佳酿，秦邮盂城驿。相思何处是？醉卧小阳陉。

2006 年 10 月 26 日于北京住所

五律　独影孤语

　　年初，本人从中建总部财务调到中海地产工作，虽然是内部调动，但中海管理要求任何中建原管理岗位的人员到中海工作，必须从基层做起，因此我从会计基础岗位开始熟悉地产业务，在解决了许多自身困难和业务中问题后，才逐渐掌握地产业务活动基本要义。

　　　　人生近半百，零萍根难定。
　　　　风雨过江来，波涛入海靖。
　　　　天地有始终，古今托九鼎。
　　　　吾心如白云，直笔任天秉。

　　　　　　　　　　　　2008 年 5 月 24 日于深圳住所

七律 竹子林外三角梅

　　今年初，本人从中建总部到中海工作已三个月有余，三个月来，自己重新从基础工作开始做起，有些是旧刀重操，有些还是要重新开始学习，这些对我来讲也是好事，人生只有不断接受新的东西，才能跟上时代的步伐，否则我们就会被淘汰。

三年兴废初似梦，半世浮生记旧情。
自信青衫终未破，敢弃宽帽始天晴。
笑谈江阔非前度，论语粗记是凤盟。
我与南山有约否，竹子林外三角梅。

2008 年 3 月 30 日于深圳住所

五排 风吹更自在

余说鹏城好，风光似画图。
山川千古在。青云万里途。
华发半身客，海天一线弧。
相逢如有约，莫恨鬓须疏。

湾畔红树林，高低任潮音。
野色连香江，秋光入梦途。
此境谁心知，前海当足徒。
何当同此乐，茶约夜罗湖。

鹏城岁月好，福田夜明珠。
意出可借烛，学来四本书。
山道闲中走，草庐酒中壶。
园缺心中月，独取命中扶。

2008 年 7 月 25 日于深圳住所

五律　问秋

　　自北京到深圳工作已经有 10 个月了，深圳的秋天仿佛还是夏时，早晚还是热乎乎的，但秋天的感觉还是有的，比如早晚开始有些清凉，天空更蓝了，有树叶开始飘落，湖水变得有些淡了。虽然地产业务与施工企业业务有些相似，但差异还是比较多的，最重要的部分就是销售的概念、投资的理念和资金的价值，使我重新理解财务价值和管理方法。

　　山间青衣褪，依稀从此时。
　　秋风催叶落，湾畔路草稀。
　　闻雁云中早，听蝉雨后迟。
　　人生多坎坷，几时问归期？

2008 年 8 月 23 日于深圳住所

无名子·明春绿上柳下住

桃花谢了春走，日如梭，奈何朝来雨声夜成雾。
绿未到，香自带，花已过，空留一腔流水风如故。

荷花开了秋来，月如钩，草黄夜露独行无人顾。
多少事，莲心苦，酒中诉，莫忘明春绿上柳下住。

2008 年 10 月 29 日于深圳住所

五排 新年游罗浮山畅想

　　新年周末，我们家与郭总一家共五人，抽空到罗浮山一游。罗浮山位于惠州市境内，60 年前曾经是新四军纵江支队所在地，我们去时仍看到纪念场所。那里崇山峻岭、寺庙甚多，岭南建筑风格给人印象深刻。

芳草连天远，垂丝拂地香。轻舟如可泛，何必问沧浪。
千年游客梦，风过天更佳。竹叶犹童稚，榕须胜子华。

江上春风起，东流日夜长。桃花红欲尽，杨柳绿初黄。
燕子归来晚，莺儿语近忙。游人行乐处，烟雨正微茫。

寂寞早春处，逍遥访酒家。香茗煮寒玉，清歌唱晚霞。
青灯伴黄书，僧发乱丹砂。几度思前事，何时随风化。

2009 年 1 月 11 日于深圳住所

五排 今宵话离别

　　本人在深圳工作一年零六个月，根据工作安排去杭州的中海地产工作，大家聚在一起为我送行，心中感慨甚多，更邀同事忙中抽出时间到杭州商旅，特留拙词一首，以此纪念。

今宵分别后，天地两悠扬。明月照独影，清风摇竹墙。
湖波水浩荡，海浪潮半狂。万重云霄路，千里草木藏。

举头寻北斗，何处是故乡。此意应谁知，秋灯雨夜长，
人间多少事，不负酒盏凉。欲问南宋事，瓜州古战场。

2009 年 6 月 19 日于杭州住所

松竹梅集

五律 杭州印象之一

白堤多佳人，虎跑夕阳微。
山尽青螺出，江空白鹭归。
烟波透七彩，夜风佛紫薇。
欲行西泠路，问友可与陪。

2007 年 7 月 12 日于杭州西湖

五排 杭州印象之二

风起竹摇雨，云消树带星。荷开雨亭外，夜深月华盈。
叶落何多姿，苍生自有灵。茫茫断桥处，残雪万里吟。

暑气入长夜，青苔藏龙井。热汗湿老身，语顿枯茶埂。
寻得安心处，内湖采香菱。笑我不知趣，痴忘半百龄。

谁能知此意，独立看青萍。潮来九天处，雨在凤凰岭。
岁晚山河远，时静草木近。胸中无冷暖，天地人三平。

2009 年 7 月 13 日于杭州西湖

松竹梅集

五律 杭州印象之三

昔日西湖水，堰引钱江头。
梁祝故事在，化蝶入荒丘。
南宋千秋事，幽云十六州。
可怜天上月，犹在照离愁。

2009 年 8 月 21 日于杭州西湖

五排　杭州印象之四

凉风雕枫叶，夜雨满觉垅。凉露滴梧桐，清光谱从容。
山后梅龙坞，遥想春茶浓。可怜几亩地，能聚万千重？

何时有晴时，凉风叶添愁。人生多平淡，风尘落山野。
北峰隐天边，苏堤浪堆雪。梦中抚蒹葭，借风解金舸。

扶衣何所为，回眸叹情意。以为人半途，热血对天际。
时运如潮汐，世事在胸志。寄言大风起，潮高十万阙。

2009 年 9 月 30 日于杭州梅龙坞、龙井村、十八涧

五律 江湖万里行

柳风飘弱絮，花雨落残英。
得失何须问，沉浮总是轻。
人生经百岁，天地几阴晴。
莫向高楼望，江湖万里行。

2010 年 4 月 30 日于杭州家中

五律 杭州印象之五

绿水绕芳洲，红莲映碧流。
风来钱塘江，雨过抱朴楼。
扁舟摇明月，清露扮西湖。
美人隔湘浦，欲寄一枝愁。

2009 年 7 月 9 日于杭州西湖

七律 杭州印象之六

　　周末与家人、同事一起从龙井村步行十八涧至六和塔，此时正是秋日正深，风有寒意之时，与1993年等国庆节期间旅行之时感觉大不一样。

山起水落起紫烟，树下风凉独可行。
玉露金叶秋后景，霜摧老茶浅冬吟。
遥想当年钱塘事，时闻雁声念旧情。
最是南宋白蛇传，许仙素贞恨当年。

2009 年 10 月 11 日于杭州龙井

松竹梅集

七律 冬思

　　冬日之初，杭州突降大雪，本人开车到曲院风荷公园拍照片，雪中游遍公园内外，斜对面是北山路和岳王庙，天空铅色低垂，杨柳叶还带绿色，还有许多不知名的花仍然艳开，这场雪给杭州和西湖带来了难得的风景。

　　天低云垂钱塘城，雪霁扮靓杨公堤。
　　柳叶还青身已碧，梅花欲动路犹迷。
　　断桥雪片垂杨柳，曲院红花坠粉泥。
　　待到春归桃李后，池柳又闻黄莺啼。

2009 年 12 月 26 日于杭州曲院风荷

五排 三月石城春寒

当日，出差到南京，南京是我大学毕业第一个工作的城市，在此我成家生子，南京是我的第二故乡，那里有我许多的喜怒哀乐。虽然已是3月下旬，也是樱花盛开的季节，但一股来自北方的冷空气，夹着小雨，使人生出少许寒意。联想这座六朝古都历史，让人增加许多惆怅。

樱花正艳开，惊蛰倒春寒。曾是东风里，飘零化泥丸。
时日天气凉，友人薄衣衫。我亦有所爱，江晏挂船帆。

岁月辞美人，都说雨洗颜。春秋霜露冷，黄花几日难。
登高北极阁，云压九华山。旧日宫娥地，台城草木寒。

王朝五代兴，南唐词更残。金陵皇命短，往事不可堪。
沧桑一千五，箭断朱雀栏。旧时王谢燕，早落寻常家。

2010 年 3 月 11 日于南京某宾馆

七律 与家人同事游普陀山有感

2010年6月我在杭州工作,公司组织大家到普陀山旅游团建,晚上住宿普陀山,当天观游观音像、不肯去观音院等,聆听这些救人救世的传说。晚上我浏览了佛教方面的书,感到自己知识浅薄,难以理解其深刻内涵和思想。

普陀山上双日留,碎浪枯灯佛初修。
涛风误此能回转,观音善身解倒流。
海上神仙多变幻,人间世事几春秋?
我欲乘风归去也,苍海浪里觅帆影。

2010年6月28日于普陀山

五律　初夏游西湖有感

柳叶风初浅，桃花水正深。
何时得心意，此地可访寻。
船上茶刚好，汪庄灯火明。
寄语东坡老，无风莫吹林。

2011 年 6 月 16 日于杭州西湖

松竹梅集

七律 和葛总诗一首

　　葛总时任中海副总裁，兼华东区域总裁，于 2011 年秋天离开华东工作岗位，本人对他儒雅风度、专业精神、遇事荣辱不惊所折服，特和诗一首于他。祝葛总在新的工作岗位上继续做出成绩。

　　　　海上风高起钱潮，万顷波涛浸碧霄。
　　　　水底鱼龙争变化，山头草木尽动摇。
　　　　云开浦江气如天，雨过西湖浪似条。
　　　　君欲乘槎岭南去，京城日月自逍遥。

　　　　　　　　　　　　2011 年 8 月 28 日于杭州

七律　旧时一别横泾水

　　过去一段时间，横泾街道所在地叫三郎庙村，传说水浒传中扈三娘的人肉包子店就在此处，原在三郎庙村的旧粮店附近还有一个很大的石磨子，现在已不知去向，当然这是小说演义而已。罗贯中是兴化市人，横泾紧靠兴化，他对此区域人文和地域特点比较熟悉也属情理之中。此地在历史上，也叫四野村，湿地很多，交通不太方便，叫四野村也有道理。

松竹梅集

四野春风柳丝长，雨后新水桃花香。
燕子归来寻旧垒，柳条如丝透斜阳。
人生聚散真如梦，世事浮沉总是忙。
更喜蛙鸣沟渠夜，几回归去也彷徨。

2012 年 4 月 19 日于高邮汇富金陵大酒店

五排 秋上阿尔山

今年秋，财务副总李春风女士组织了六人去内蒙古阿尔山旅游，其间我们经过了火山顶、火车站、草原和火山群，也经过了大兴安岭曾经被大火吞没的森林草地。站在阿尔山边防哨所看对面的蒙古草原湿地。秋天的阿尔山，风景如画，五彩斑斓，给我们留下了非常深刻的印象。

萧萧秋风起，悠悠草原行。
塞外阿尔山，边关兴安岭。
久慕阴山北，刀枪男儿地。
英雄千年后，雪涧万里林。

欲言火山包，无语枯木林。
红枫藏深山，白桦落站楼。
青原品浆果，黄叶寄水还。
天阙倾彩池，秋色壮晚辉。

云低杜鹃湖，天高呼拉尔。
夜深天更近，银河落树梢。
才有追车雨，又见双彩虹。
夕阳闻歌声，遥对牧羊女。

烈酒羊尾膏，毡房吉祥云。
山上一泓水，山下九曲溪。
落日山起晕，晚霞红胜火。
关山风初定，夕阳南飞雁。

结伴寻秋色，在乎山水间。
月清托旧梦，天蓝寄新语。
何事两鬓浅，风雨几十年。
不说平常事，豪情冲九天。

月缺金樽满，遥对夜西湖。
月圆故乡后，香溢满觉陇。
边关何醉人？北国重情义。
此秋李花下，明年又春风。

纵情天地间，往事如烟缕。
身依呼伦夜，心随天地转。
笑谈惜别泪，胸中有情意。
留得半盏酒，明年再相见。

2012 年 09 月 27 日于内蒙古阿尔山

松竹梅集

五排 寒秋雪窦寺¹

是日携妻带女与众多朋友一行，雨中驱车雪窦寺及蒋氏
故里溪口，仰望弥勒佛、近察蒋氏故乡与远亲后人，心中无
限感慨，赋打油诗一首。

佛地何年辟，名山几日开。
楼台凌碧落，钟磬出苍槐。
宝树千章合，金莲万朵来。
枫红飘梵呗，霜白照经台。

净土香烟散，慧业空门回。
慈云随步起，法雨逐风催。
龙象瞻依近，衣冠礼拜陪。
愿托三炷香，长绕雪窦寺。

远山闻梵钟，驱车假时令。
习习北风寒，期期南飞雁。
秋深夜半分，雨润奉化²城。
青峰云开现，路回伴彩云。

天祥降瑞雪，人善天福慰。
读书先明理，善德佑后辈。

蒋翁驾鹤去，空留长水夜。

风扫溪口³镇，是非千秋累。

2011 年 11 月 23 日于浙江宁波

注：

    1. 雪窦寺：位于浙江宁波西，是佛教中弥勒菩萨的道场。

    2. 奉化：宁波管辖的县级市。

    3. 溪口：属于奉化区管辖。

松竹梅集

五排 癸巳春节有感

龙年辞旧岁，金蛇入杭城。　　百里春风涌，千家爆竹惊。
天道祝安康，人意乐太平。　　祈福五洲安，欢得四海靖。

昨日辞旧年，今朝又新正。　　风雨三天过，春秋又一令。
梅花香未歇，柳莺又新声。　　莫怪频回首，西湖美人行。

晨钓三月雨，晚约北归雁。　　蝉鸣六月樟，雪落断桥后。
日高荷花下，夜深伴玉兔。　　何人笑他痴，清水绕竹瘦。

聚散似有道，山水寄锦绣。　　起落迫时运，高低看气节。
海内存知己，天涯若比邻。　　苍山四季转，大江夕照明。

2013 年 2 月 10 日于杭州家中

七叙 癸巳年初夏贵州六日行

　　2013年夏初，与朋友共六人一同到贵州旅行，六天游玩了贵州的黄果树、兴义、荔波、镇远和雷公山、青岩古镇。途中一起过了端午节，本人即兴一首打油诗，以此纪念。

癸巳初夏端午时，钟灵毓秀梦黔州。
昨日豪雨西南过，今朝艳阳西南游。
曾议结伴抒胸臆，休羁莫问百事求。
何处小息路遥遥，山水凉爽筑城悠。

菁菁车过几时许，霏霏才近黄果树。
溶洞重重藏风雨，暗河淙淙盘江浦。
瀑布林壑挂深山，浪急奔腾复东湖。
水由龙王千里外，蜻蜓咆哮万里途。

久慕仙游徐霞客，西南兴义土家楼。
路遥山远君不识，一朝面世惊万州。
夜深女娲金钗过，日上天工马岭河。
精雕玉柱十亿年，细剪紫霞峰万丘。

青山天桥云边过，绿田长路水中流。
沟壑暑气落千尺，山重氤氲万里幽。
近得青石紫梅放，远眺山峦白云收。

车行雨虹盘山路，身在云端马岭河。

雾起荔波小七孔，林木岩泉雾气阴。
晨霞蝉鸣高山止，夕阳垂藤水中生。
指接柔风纳凉意，足映清泉石上痕。
黔桂官道三尺宽，雌雄双燕桥上身。

船到林幽水穷处，树含阴阳云边魂。
栈桥高低水边近，片云左右山外村。
山阴滩浅蝶缠树，浪高石藏榕树根。
潭深缘自妖风洞，风借黑烟出天门。

夜宿山水镇远城，湘黔故道八百春。
水静潭幽灵杰处，古来多有读书人。
晨曦初上青龙洞，桥孔六七众纷呈。
静心逍遥舞阳河，千峰壁立云入门。

鼓声再约雷公山，银装少女苗家楼。
千户木屋随峰起，溪水远接天间流。
经时迁避战火地，风雨沧桑多少愁？
蚩尤魂魄佑子孙，苦乐深山五千秋。

何来一雨一彩云，万山千壁青岩镇。
不愁庭后明月尽，他朝窗前柳絮痕。
茶马古道寻不见，满城商贾酒旗云。
众客有心听箫歌，悠悠白云下野村。

黔州六月登高望，青峰迎车渐次青。

山川水烟多毓秀，日月林木韶物明。
壮汉临行把酒欢，快意人生正如此。
乾坤明年烟雨起，杜鹃红遍十万峰。

2013 年 6 月 20 日于贵州

七律 六和塔上望潮头

风吹桃柳舞红绿，清雨晓云入画图。
万里关山人未老，千年风雨印西湖。
舍得浮生话半就，傲骨淡定一身舒。
欲向钱塘寻旧曲，六和塔上看潮头。

2012 年 4 月 15 日于杭州钱塘江边

七排 高邮乡行

2013 年 10 月本人和太太利用国庆节假日回了老家江苏高邮，家人聚到一起甚是高兴，感叹家乡巨变，其间特地去了高邮的镇国寺、邮亭、高邮湖等著名景点。

轻车十月长江北，秋风浩荡高邮行。
白露草深雁初鸣，霜落水浅蟹肥青。
除妖水泊镇国塔，净土寺塔鸽轻鸣。
乌栖御碑秦邮亭，皇华坊外夕照明。

人生独旅试河水，回首愧抚榆树情。
柳去无心界首镇，菊归有意秦词亭。
酬勤乡民宽天道，三十巨变厚民生。
华发再添回程去，聊慰乡土五谷登。

运河两岸几变迁，人间从此波浪平。
奎楼气象天难老，运河旧主随波邻。
百里归来寻旧友，几多缘尽耽事程。
相逢趣问儿时事，夜望故乡月更明。

2013 年 10 月 7 日于高邮汇富金陵大饭店

卜算子 · 卷珠帘

2014 春节联欢晚会上，有一首《卷珠帘》，我认为这首歌词写得很好，但词的意境还不够，故本人也学写了一首，以一个初为人妇的女子，在家中盼望远征丈夫归来，以及归来后的欢愉为主线来写的。

前时星稀夜，尘落瘦珠帘。
寂寞窗外栏栅处，孤灯自憔悴。
红妆等谁归，独伊对长夜。
依稀君来卷珠帘，空留胭脂味。

窗幔舞微白，摇曳轻梦来。
相思罗衣漫心处，佛袖梨花泪。
碧玉绕青莲，风雨旧楼后。
轻敲风铃红云起，依依佳人醉。

2014 年 2 月 8 日于杭州住所

七绝 为清明朋友相聚而写

战友相约虹桥西，欲论杯前万花时。
春秋风华三十载，何日烟花醉扬州。

2015 年 4 月 3 日于上海虹桥

七律 杭州天鹅台风

2015 年 8 月初，编号为"天鹅"的台风，从福建登陆，一路横扫福建、浙江、江西、安徽、江苏，北上至东北。所到之处，拔树、破屋，带来大风暴雨，百姓生活极为不便。杭州也出现了许多问题，城市内涝非常严重，大街小巷的积水无法及时排出。

天鹅环转十万里，水漫西湖车无路。
黑云无边山欲摧，金蛇狂舞天正怒。
狂风卷起千尺浪，天雷炸断凤凰岭。
戏言杭城来看海，何须鞍马百里渡。

2015 年 8 月 25 日于深圳住所

松竹梅集

五律 鹏城新秋

　　2015年5月初，根据集团安排，本人又去深圳总部工作，想到自己半百之人又到旋涡中心"游泳"，感到有几分不值。但朋友相邀，又不得不去，否则会对不起十多年情意。但杭州留给我的印象太深了，自己留下的烙印也很多。希望将这份美好永藏于心。

鹏城月如银，海阔万里苍。
湾畔秋色淡，清风玉壶香。
世事何时静，云净几度彰。
秋动竹子林，蝉鸣树梢阳。

2015年9月1日于深圳住所

七律　登新滕王阁有感

　　2016 年 3 月 23 日根据公司统一安排，前去江西九江落实收购某集团地产业务之事，来到南昌，因目标公司与他们上级人员没有凑齐，大家休息等待。上午抽空与向总登新建滕王阁，恰逢此时细雨凉风，感怀甚多。

　　　　　风托春雨降豫章，烟浓草盛细柳行。
　　　　　孤篇豫郡滕王阁，子安凋落零丁洋。
　　　　　江山有意天妒才，落霞依伴小河旁。
　　　　　最爱凭栏看霞落，芳草碧天夕阳长。

　　　　　　　　　　　　2016 年 3 月 23 日于南昌滕王阁

松竹梅集

58

七律 三月扬州高邮行

2016 年公司组织收购地产业务，我带财务团队多次去汕头、扬州、合肥、江西等地进行交接，其间利用周末从扬州回到老家见见战友、同学和家人。看到大家一年未见，头上又添了不少白发，但状态还不错，也平了心绪。

轻烟细雨古扬州，运河杨柳廖家沟。
高邮湖畔人去远，梨花零落水自流。
春风几度御码头，明月何曾照扁舟。
都说四季春当早，碧草芳菲留归鸥。

2016 年 3 月 24 日于江苏高邮

七排　夏日过扬州及高邮有感

七月苏中日毒滞，葛蔓扶疏小沟渠。
碧荷池满榆树[1]东，珠湖鸟啼夕阳西。
滔滔运河白浪起，延延风雪芦花稀。
他日蛰伏黑土下，夏来蝉鸣净土寺。

热风薄雾东关渡，二十四桥明月迟。
瓜洲渡畔锦旗猎，瘦西湖边琼花稀。
夫差城北邗沟[2]出，乾隆行宫西园息。
蜀冈[3]史君馆虽在，从此再无刀光疾。

昔日盐商何处去，空留罗绮绣锦花。
江烟逶迤桑梓夜，游子偏爱运河鸭。
昔日南宋烽火起，今日蝶翩万木霞。
古来富贵三代止，风雨彩虹平常家。

2017 年 6 月 2 日于江苏高邮

注：

1. 榆树: 江苏高邮原来有许多这样树的品种，它木质细密，结实。

2. 邗沟: 原为运河组成部分，传为春秋吴国夫差在位所开拓。

3. 蜀冈: 扬州市区唯一的一个小山地，高十多米。

念奴娇·夏日登狼山有感

　　2017 年 7 月夏，本人确定到中南任职财务副总裁后，返回上海前登狼山景区一阅，见长江滚滚入海、一桥南北横跨，气象万千、江山如画，见证自然与人力之伟大、自己到快退休之年下海到民企工作，心情颇为复杂，特填词一首，以壮豪情。

滚滚长江，东临通州，天际乍宽[1]，顿失滔天巨浪。
狼山之巅，极目处，云驾冰雪洒昆冈[2]。
燕子矶[3]头，朝天门[4]处，风雨瓜洲渡[5]。
吴淞口外，江海苍茫一片。

遥想四十余年，辗转十三城，雾白山黛。
庄子梦蝶，也难忘！人间春风秋水。
阡陌当途，风摇荻蒲[6]时，炊烟又见。
夕阳西下，写尽江山万里。

2017 年 7 月 26 日于江苏南通

注：

　　1. 天际乍宽：长江到海门处江面突然变宽，又逢夹崇明岛于其中，江面更是显得宽阔雄伟，长江大桥横卧于上串联起上海市区、崇明岛和南通的快速交通，海门正处于启东与南通之间。

2.云驾冰雪洒昆冈：指由西向东的长江，汇入大海，升腾的水汽高入云端，又奔西而去，化为冰雪落在昆仑山，暗指周而复始的自然与生命。

3.燕子矶：位于南京西北的江边，此处有一块巨石突出江岸伸向江中，是南京重要的景点之一。

4.朝天门：位于重庆市渝中半岛的嘉陵江与长江交汇处，重庆是我第一学历读书之所，也是彻底改变我的命运之地。

5.瓜洲渡：位于扬州城南长江北岸一个古渡口，南宋初年多次战争之地，有陆游"楼船夜雪瓜洲渡，铁马秋风大散关"的著名诗句，全句均为名词写就，甚为惊叹。

6.荻蒲：荻是指一种长在岸边和部分近水陆地像芦苇的植物，蒲是一种长在浅水中或湿地的植物。

五律 酷暑立言

　　按照身份证年龄本人已 57 岁了，到了接近退休之年。月初向公司提出辞职，公司领导建议我认真思考得失与风险，后我又再次提出，领导终理解。我也不知道为什么要写此文，终感内心不服，既有一份淡淡的伤感，更有一搏之雄志。

　　　　青嶂千重翠，江水万里长。
　　　　山深云气合，水阔浪花香。
　　　　白鸟飞还没，黄鹂语常忘。
　　　　何当乘兴去，杖策过大江。

2017 年 7 月 27 日于上海家中

五排 多在有无中

人生通透处，天地道似同。万物皆生义，千秋总宜空。
乾坤迫时运，冬尽报春风。若有真消息，何须问天工。

世事多反复，四季轮回中。但知心似水，便觉气如虹。
头上三分白，青山一片红。古来圣贤事，成败源正功。

闲云出岫轻，茅屋对溪行。落花春寂寞，艳艳雨初晴。
相逢谈往事，独坐看流莺。老翁跨江去，悠悠钓沧溟。

落叶萧瑟动，秋声慰两河。春风何感慨，人事未蹉跎。
江天暮云净，西风动扁舟。劝君白塔下，明月在扬州。

2018 年 4 月 16 日于江苏南通

松竹梅集

七律 四十年战友纪念二首

　　本人于 1978 年 12 月底从扬州高邮参军，当时一同前往辽宁辽阳当兵八百余人，3 月底我和部分战友坐闷罐车到济南某部工作。若干年来，大家分散在全国各地读书、工作和生活，平时离多聚少。今年由退伍回老家的战友组织大家在参军 40 年时一聚，心情激动，留下拙词，权作纪念。

一

昔时秦邮[1]震惊雷，青年绿装八百行。
船离运河御码头，关外辽阳白塔[2]尖。
沧桑五味新旧在，风雨四十[3]梦天庭。
初心难忘家国志，青山未老桑榆情。

二

莫叹浮萍断影踪，人生处处惜相迎。
乡音只待茶一盏，乡愁常绕酒半瓶。
难忘申渝[4]读书夜，守憾无悔广陵[5]新。
西风偶怨迢客远，南门大街[6]夕照明。

2018 年 10 月 4 日于高邮汇富金陵大饭店

注：

65

1. 秦邮：古高邮代称，此称呼与传说中的秦始皇于高邮置邮亭相关。

2. 辽阳白塔：辽阳是辽宁省辖市，我新兵三个月训练生活的城市，3月底去济南某部。辽阳著名的建筑为白塔。

3. 四十：从1978年底到2018年底，是当兵40年纪念日。

4. 申渝：上海、重庆简称，本人于两地分别完成大专和研究生学业，个人命运和人生轨迹也因此发生了改变。

5. 广陵：指现在的扬州。

6. 南门大街：高邮城南，是高邮老城的核心地段，这里有高邮历史承载和人文遗留。

松竹梅集

如梦令·阴雨绵绵出海门

昨夜银花千树，今日雨天涛骤。
何时须晴日？云高长风万里，阴否？晴否？
却道江华依旧。

浓雾难寻旧梦，梅花成泥雪后。
灯下春秋事，不尽长江东去，成否？败否？
试问晨辉清露。

世事冷暖自知，冬来寒风千户。
落帆打鱼船，长夜冷月西下，人否？仁否？
轻唱夕阳重度。

堂前燕子低飞，河边桃花柳树。
难得自由人，江海云卷云舒，烟否？云否？
长叹红肥绿瘦。

2019 年 1 月 19 日于江苏南通

满江红·四十年春秋事

雨后筑城，登高时，碧空如洗。
极目处，青山渐黛，紫霞飞去。
道远暂留西南夜，天寒难过万峰岭。
数年后，流水转苏杭，定江沪。

经风雨，对霜雪，披日月，越葱岭。
南来复北往，纵横山水。
千里晚霞照云海，万丈桥横坝陵河。
月圆时，转身换金樽，西风醉。

2019 年 3 月 28 日于贵阳住所

七律 长风晓月映紫霞

锦绣不言唯酒茶，扬子江歌对月华。
人间沧桑为春秋，天地冷暖是冬夏。
有言之时吟玉树[1]，无情之处唱蒹葭[2]。
若把老叟比夕阳，长风晓月落紫霞。

2019 年 5 月 26 日于贵阳住所

注：

1. 玉树：指非常高贵的树种。

2. 蒹葭：一种生长在河边非常普通的芦苇或荻花类水生植物。

69

七绝　夏思

　　贵阳海拔约 1100 米，那里夏天凉爽，白天有凉风，夜里也常有小雨。非常适合人养老，听说贵阳花果园小区有许多重庆人在那儿生活，夏天不热的确对天气炎热的重庆人诱惑不小。

　　　　花溪十里夺千金，半夜凉风透绿林。
　　　　梦里依稀闻笑语，筑城夏爽满清阴。

　　　　　　　　　　　　2019 年 8 月 24 日于贵阳住所

七排 贵阳多问

一 秋水

落叶西风伴凉雨，青峰不断山无边。
秋月如分圆与缺，枫叶零落归旧川。
江东客子忙中度，水深无瑕对新烟。
忽闻云边大雁声，便知山高秋已归。

二 秋雨

复复斜阳林间路，瑟瑟秋雨伴旧根。
巷长枯灯随风冷，风雨桥外落叶深。
发白不由忆旧事，冬来寒旗伴酒斟。
常思岁月得安好，玉兰树下落花吟。

三 秋月

秋叶卷帘带凉风，切记前朝风雨休。
黔江月明当分白，南明霜时灯复幽。
静言东山梵音里，无事常伴甲秀楼。
一梦登高花果园，霞落山尽月如钩。

四 秋塘

悲喜荷塘复万篇，世人难知几味随。
乱叶随风风千度，落英乘水水百回。
白莲黑水中秋月，寒风破霜山渐微。
金蝉欢鸣六月事，小荷偏爱二月晖。

五 秋茶

暮云西窗落茶香，清茗几缕绕新杯。
轻风慢回风尘静，烟云聚散日月催。
茶道苦涩随三味，酒中得意月半随。
细饮心得花月意，一梦翩跹黔江辉。

六 秋旅

莫言远客借筑城，春潮曾起几涟漪。
朝裁锦歌暮裁云，水逐沧桑辰逐时。
顺境相聚三杯尽，逆时复离一票奇。
但愿秋风宽待人，潇潇风雨留客知。

七 秋言

独善腾退过夜郎，春华秋月共时窗。
风雨难掩长江去，沧海桑田问短长。
回眸无暇四百天，秋深无意半夜郎。
百味人生尝尽后，月明云暗吐清漳。

八 秋意

荣枯消长回眸时，秋风秋雨夜渐凉。
经夏蓝莒垂老态，依水蒹葭怨秋黄。
阿哈湖边他乡树，筑城孤灯守夜郎。
夜郎认酒不认错，草木盛衰天始长。

2019 年 12 月 30 日于贵阳住所

江城子·荷赞

小荷摇曳对新月，银珠落，乌篷影。
葳蕤新藕，菡萏立蜻蜓。
纵使折断污泥下，春风后，梨花雨。

新风化雨二月[1]尖，五月花，八月果。
秋来叶破，含霜对风口。
四季往返天地转，夕阳下，西湖水。

注：

1. 二月：指农历月份，其后的五月、八月亦同。

2020 年 1 月 2 日于贵阳住所

水调歌头·杭州畅想曲

2019 年末，应友人相约相聚杭州南山路一酒楼，大家非常高兴，酒饮兴处，再约去西湖 KTV，夜半也未尽兴，最后大家商定，以后一年一聚，这才陆续散去。

平湖孤山瘦[1]，三潭小瀛洲，
六和塔下，夕阳晚钟意悠悠。
待到八月中秋，龙王醉酒不羞，
浪打钱塘城，雪堆之江边，水漫风波楼。
苏白堤[2]，富春江，雷峰塔，
多少豪杰，太子湾畔雪难酬。
莫问人生百年，不尽大江深秋。
拱宸运河水，灵隐飞来峰，人在西湖舟。

注：

1. 孤山瘦：西湖的孤山位于湖中间，左右分别有路连通，岛中有部分建筑，但岛的规模总体比较小。

2. 苏白堤：指西湖景区的苏堤、白堤两堤，据说分别由苏东坡和白居易在杭州任上所修建。

2019 年 12 月 10 日于杭州南山路某饭店

临江仙·秋声

　　去年贵阳的秋冬是一个多雨的季节，由于贵阳处于云贵高原，再加上天气湿冷，让我这个初来者，多有不适。本人在一天繁忙之后，夜里常感到几许疲惫和孤独，曾经带着梦想而来，但由于客观原因，不得不中途而废，让人感到可惜。

　　多少往事成旧烟，阑珊意欲无边。
　　月华初照菊更艳，冷风白露时，月明星稀夜。

　　流年浮沉无言对，便识黄昏秋水。
　　若将琵琶唱风声，至今谁记得？山水千里远。

2020 年 1 月 16 日于贵阳云岩住所

76

唐多令·早春二月末辞别筑城

时值新冠疫情，出门戴口罩成为标配，外出就餐都比较困难，商场门前可罗雀。昔日车水马龙的大街变得空荡荡。在告别贵阳前我几次走进松花岭隧道上方的兰花公园，作词一首以留念抒发豪情。

前日登高时，花开风雨亭。青石间，夕阳疏影。
纵使天疫[1]十万里，推不倒，松花岭[2]。

寄情深山中，天涯路迢远。黔江下，千帆过尽。
落日摇树春又寒，君不问，沙洲[3]夜。

三月瘦西湖，西园[4]御码头。新雨后，春风杨柳。
陌上君子踏歌行，皇华坊，御碑亭。

2020 年 2 月 29 日于贵阳云岩住所

注：

1. 天疫：指突然在全球流行的新冠病毒，中国和世界各国都非常重视，各种防控措施在短时间内也使日常工作和生活受到影响。

2. 松花岭：位于贵阳花果园小区西侧的隧道上方，因人工种植兰花多，而称为兰花岭，山上一处野生杉木树较多，成为城市特有一景。

3. 沙洲：指小车河中露出水面的高处，本人曾寻得小路上去一阅。

4. 西园：扬州西园饭店，南边为御码头，饭店坐落在乾隆皇帝南行至扬州行宫旧址，东侧为东晋谢安在扬州时治所和住处。

77

卜算子·春风赋

　　今年 3 月一晚，本人到好友位于杭州西湖景区一个非常有特色、谓之息心的工作室中，工作室内古色古香、沉香袅袅，室外小桥流水、鲜花、青竹、石桌让人不忍离去。甚为高兴，即兴一首。

　　　　孤山复燕归，汪庄[1]楼上絮，
　　　　三月风来杨公堤，西湖樱花醉。
　　　　紫竹戏新露，桃花弄柳叶，
　　　　九溪烟树云蝶谷，春风李花泪。

　　　　绿雾[2]潜长林，海棠落彩雪，
　　　　依稀山后飞来峰，月下灵隐寺。
　　　　君来祝酒歌，细品黄樽酒[3]。
　　　　今宵一杯解千愁，吴山再相聚。

注：
　　1.汪庄：位于西湖南，近雷峰塔，西子宾馆在其上。
　　2.绿雾：指地面或山体表面一层淡绿色，有雾中朦胧的感觉。
　　3.黄樽酒：指用黄色的陶罐装的黄酒。

　　　　　　　　　　　2020 年 3 月 15 日于杭州云蝶谷

松竹梅集

七律 春思

烟波漠漠草青蒌，小院庭深树掩旗。
都说春到贵阳迟，绿风已落向阳枝。
浦江千里长天外，筑城青峰梦中辞。
此日春归人未老，樟树花阴落酉时。

2020 年 7 月 26 日于上海家中

唐多令·秋天

　　贵阳的秋天是多雨的季节，雨中稍凉，淅淅沥沥，阿哈湖两边的树木，一片冷落，树叶随风而飘。雨中显得那么苍凉和无奈。让人增添许多感慨。

一

凉雨几时过，千山从此凉。日暮时，山色渐长。
借得金菊伴茶客，雁飞过，复寻常。
瑟瑟纷飞过，雨打枫，立残阳。
年相似，南来北往。
秋风秋雨越千里，几时歇，几时狂。

二

前时阿哈湖，枫叶连天地。秋来早，霜染半夜。
吹过千山往江东，谁在那，高旻寺。
溪水映山红，昆曲绕水榭。
多笑我，何来何去，几时坦言无颜色？
风雨后，西窗旁。

三

荒野又秋色，黔城复浅霜。西风起，吹过南方。
山水万里十月光，浓与暗，漫心房。

松竹梅集

昨日未思量，别梦非往常。

纵如许，几度沧桑。

笑我清泪添作雨，几时圆，几时方。

2020 年 11 月 6 日于贵阳住所

七叙 贵阳夜客感悟

一 知否

初冬霜染报恩楼，回首城池十五愁。
冯唐九十入庙堂，李广三世难封侯。
古来富贵三代止，王朝五代盛极休。
庄生梦蝶成佳话，李白酒醉胜鳌头。

二 认否

伯牙断琴富春江，知音难觅在天涯。
高山流水曲和寡，春江花月夜伴葭。
新船刚出三汊河，太白梦吟天姥崖。
海宁潮汐年狂时，借势水淹六和塔。

三 仁否

盛衰傲骨有斯文，天命华发自在身。
晚酒三杯秦观事，早起千册任封尘。
早知无才皆为德，三车闲书换芽糖。
坐地日随星辰转，巡天俯觅广陵人。

四 秋否

夜灯雨急打芭蕉，窗外老樟随风狂。

一场秋雨一场冷，记得明早添旧装。
孤影不屈对残局，惠恩力薄非短长。
白宫无奈身不累，筑城芭蕉雨打窗。

五 烟否

半夜烟浮阿哈湖，不见黄鹂红枫影。
大桥横过矮脚寨，登高鸟瞰万峰岭。
驾车平塘逢秋雾，当为寒风做信使。
风雨过后天边静，南明河畔水更清。

2020 年 11 月 7 日于贵阳住所

七律 六十岁有感及另一首

五轮生肖感深秋，记得少年钢发头[1]。
壮士南北论兴废，半生高低梦封侯。
借来秋风梳华发，携得吴刚登琼楼。
沉浮荣辱酒半盅，霞晖应我三分酬。

百川归海凭自低，千山纵横登瑶池。
平生微读儒释道，万世难圆天地时。
何时觉悟金蝉静，阳明心学难致知。
自感十事三分成，秋月蕉雨西窗迟。

2021 年 1 月 9 日于上海家中

注：

1. 钢发头：比喻头发直且硬。

松竹梅集

84

江城子·夕照华发少年狂

　　本词共分上中下阕，上阕写自己毕业后四十年的工作感悟，中阕为据时回忆与同学一起的读书时光，下阕准备本人退休后的生活安排（中阕因我而出，非正规提法）。

　　旧时岁月多匆忙，十五城 [1]，论短长！
　　东西南北，人间正沧桑。
　　星移斗转一万余 [2]，忠君事，少度量。

　　晚霞初照西屋窗，菊未凋，天渐黄。
　　春夏秋冬，雨后更清朗。
　　记得渝州黄浦江，夜灯下，书桌旁。

　　华发年轮少年狂，卯露水，酉夕阳。
　　日月星辰，午夜堆字忙 [3]。
　　为报前时无流觞 [4]，珠峰下，天山上。

2021 年 7 月 15 日于上海虹桥

注：

　　1.十五城：本人从家乡扬州高邮算起，一直到退休，含重复工作过的地方，一共有十五个城市。分布辽阳、济南、重庆、南京、上海、北京、深圳、杭州、南通和贵阳等地，主要工作单位有中建系统、中海地产、中南控股和平安投资等。

2. 一万余：指工作四十年约一万五千天。

3. 堆字忙：本人正在写第五部专业著作《财务驱动价值实现——地产财务总结》，希望是封山之作。

4. 流觞：原指一种古代民间传统习俗，后演变成文人墨客诗酒唱酬的一种风雅之事。泛指今日比较轻松、自然、洒脱的娱乐自嗨和茶酒交流的方式。

卜算子·夏日赋

2021年8月1日随平安建设投资有限公司相关管理人员登井冈山，游览景区、学习传统，上党课，受益良多。

巍巍井冈山，纵横十万峰。
乌云滚滚旌旗猎[1]，豪雨万千横。
黑手[2]举梭镖，黄洋炮声隆。
星星之火罗霄起，礼炮北平城。

后山[3]悬白瀑，前川披彩虹。
风雨过后山更绿，日照五指峰。
五星出东方，千里杜鹃红。
百年沧桑人间变，华夏又春风。

注：

1. 旌旗猎：指工农红军的红旗在风的吹动下猎猎作响，形容苍劲有力，革命意志坚定，工农广泛支持。
2. 黑手：指工农举起黑色的大手，代指劳苦的工农大众。
3. 后山：指井冈山北山，那里有一个叫仙女瀑的瀑布比较出名。

2021年8月1日于井冈山

七律 返回上海退休时节有感

　　今年上海疫情比较严重，退休返聘也有二年余，联想多年来走南闯北，历经 15 个城市过往，退休后反而感受很多。

风吹承州¹水迢迢，夕阳山河晚更娇。
十城²江湖身是客，半生漂泊意未消。
芦花荡³里梦中路，黄浦江边白渡桥。
此系扁舟当是岸，夕阳长照两河桥。

2022 年 4 月 3 日于上海虹桥

注：

　　1.承州：张士诚在高邮称帝三十余天的城市名称，汉朝亦称三阿、阿州，高邮地理位置非常重要，处于大运河沿岸核心地段，离扬州、宝应、兴化各有五六十公里距离。

　　2.十城：本人从出生地到退休加上海一共经历过十座城市。

　　3.芦花荡：生长芦花的湿地，借指家乡江苏高邮。

松竹梅集

七律　深秋食蟹及另一首

葭月初时蟹肥腮，相约亲友老屋来。
前时土蟹泛腥味，阳澄宝蟹才开怀。
借得红茶添新香，换来月辉拂旧台。
三盏黄酒绯双颊，独缺诗情赋江淮。

黄花开时近深秋，落叶枯枝向西楼。
天高时节云伴雁，水白节气浪打舟。
一生终是几十载，风光年月几春秋。
都说四季催人老，雪报腊梅春枝头。

2022 年 11 月 16 日于上海

江城子·新冠疫情之上海滩三首

旧日紫燕含春来，水中绿，烟后红。
千金难买，浦江两岸风。
最是江南四月天，白鹭飞，碧水丛。
晚来浦江霓虹灯，满城雨，半江彤。
新月过后，游人酒旗涌。
莺飞车转复流光，新虹桥，天地中。

新冠封城阴雨凉，外滩边，荒草长[1]。
苏州河畔，聊无梦流觞。
最恨疫情多反复[2]，舟无楫，人无常。
日夜网上购物忙，蝴蝶来，徒对窗。
问遍华佗，唯有自助强。
但愿热日[3]不西下，崇明岛[4]，黄浦江[5]。

待到明春三星[6]下，窗半开，月西斜。
蔷薇花开，豫园对早茶。
只愿岁岁人如此，舟摇水，涧笼纱。
踏青郊外绿水涨，运河边，阡陌家。
新华路[7]边，紫藤换新芽。
记得结伴川藏线，越三江，丈天涯。

2022 年 5 月 1 日于上海家中

90

注：

1. 荒草长：前几天有人在外滩拍了一张图片，远眺浦东，浦西外滩地面上出现了多年未长的小草，起先官方网站否认，后有多事者反复多角度拍了多张才被确认。其实长出小草属于正常，一个多月没有人踏留，长出小草说明近期市民百姓比较配合，二是小草的生命力强大，彰显了大自然的生生不息和蓬勃力量。

2. 多反复：近期多人得病后经治疗转阴，但回家后一段时间又复阳，接着又被送进方舱治疗，看来这病毒太狡猾，学会了打游击。

3. 热日：根据病毒学了解的知识，凡是病毒都耐不了高温，我多想太阳不西沉，用夏天的温度把病毒杀死，不过印度倒是属于高温地区，他们那儿的夏天病毒会弱一些吧，但报道中说他们那儿疫情更严重，具体原因待专家们研究吧。

4. 崇明岛：根据官方宣布，近期崇明岛地区疫情问题比较好。

5. 黄浦江：上海市区处于黄浦江两岸，且疫情比较严重。与崇明岛的疫情相比，差异比较大。

6. 三星：指福、禄、寿三星，是古代先民们对生活和未来的希望和祈求。

7. 新华路：上海很有代表性的街道，新中国成立前多为达官贵人居住地，住宅、鲜花、西餐、酒吧等存在，构成了此地独特的地域风貌、韵味。

七律 秋来暑往热浪滚

　　2022 年 8 月 18 日我们全家五人，应邀到碧桂园开发的位于苏州南甗荡湖边的十里江南小区，当天天气很热，达到 40 余度，鲁总亲自陪同我们，小区环境非常好，家家面河，户户临水，荷风阵阵，白鹭点点，是一个适合养老的地方。

甗荡湖外夕阳西，万里无云一舟牵。
残云点点遮莲叶，碧水涟涟摇花阴。
何寻老樟蝉嘶鸣，数望紫燕远天边。
多盼天公洒凉露，盖过毒风四十天。

2022 年 8 月 18 日于苏州十里江南小区

七律 秋思

长风关外渐次秋，秋夜凉露江南愁。
愁到梦里黄杨树，树随花开报恩楼。
楼船三月风带绿，绿风独爱璧瓦湖[1]。
湖下[2]盂城[3]空对月，月下难寻枸杞头[4]。

2022 年 10 月 16 日于江苏高邮运河

注：

1. 璧瓦湖：江苏高邮湖别称。

2. 湖下：高邮城地面比高邮湖底河床低，中间由大运河相隔，故高邮在历史上经常被淹。

3. 盂城：高邮盂城驿。

4. 枸杞头：枸杞在春天刚出芽叶的时候，其叶可食。

七排 秋往冬来霜渐生

一

难听窗外夜风狂，秋往冬来登高望。
海龙借雨千重彩，才有浦江百里长。
一杯老茶难定心，今宵露来明晚霜。
老来问天何为命，秋雨霹雳怨玄黄。

二

船到西湖[1]柳欹斜，曲院[2]水浅夜玉华。
晨来雨后双飞燕，乌篷摇来一船花。
借日荷满碧水池[3]，青山[4]渺渺有人家。
寄窗秋菊送清月，少看西风拂旧茶。

三

闲时云舒出航头[5]，秋风叶扫召稼楼[6]。
南望临港[7]东海出，两河[8]流水白鹭留。
借车南北访四海，寄日朝夕问五洲。
秋冷茱萸[9]寂寥时，西望雪飞昆仑冈[10]。

2022 年 11 月 28 日于上海浦东

注：

1.西湖：杭州西湖。

2.曲院：西湖的一个著名景点，即曲院风荷，简称曲院。

3.水池：指曲院风荷的一片圈起来专门用于长荷花的区域。

4.青山：指杭州北高峰。

5.航头：上海浦东的一个地名。

6.召稼楼：上海一个传统景点。

7.临港：上海浦东靠近东海边的地方，因近洋山港而取此名。

8.两河：上海浦东一区域。

9.茱萸：扬州与江都之间的廖家沟一带，有一个茱萸湾的地方，属于古运河的流域，此代指本人。

10.昆仑冈：指昆仑山。

七律 冬思及贺兔年一首

　　2023 年春节我们全家到南京雨花台附近的岳父家过春节，大家其乐融融，新冠病毒大家好像也不怕了。全国上下，欢天喜地，烟花阵阵，好不热闹。

　　霓虹流彩照屠苏，阖家团聚六朝都 [1]。
　　羞忘三年瘟神梦 [2]，万家烟火杀毒株 [3]。
　　中华门 [4] 外送金虎，报恩寺 [5] 旁接银兔。
　　晓风才拂秦淮河，瑞雪已到雨花路。

　　癸卯 [6] 南北疫遁消，许是钟馗退鬼潮。
　　沪郊风和呈百瑞，良辰人潮闹元宵。
　　烟花社火孔明灯，金狮玉兔城隍庙 [7]。
　　团聚情融盼三载，人间处处换新桃。

2023 年 1 月 22 日于南京城南宾馆

注：

　　1. 六朝都：南京古城曾经有六个朝代在此建都，故也称六朝古都。

　　2. 瘟神梦：2000 年初至 2022 年底，新冠病毒全球蔓延，给全球经济造成影响。

　　3. 毒株：根据新冠病毒的科普解释，新冠病毒是一种冠状毒株。

4. 中华门：指南京城南一座城门。

5. 报恩寺：明朝朱成祖为纪念母亲而建，后被战火所毁。最近一次复建于 2000 年左右完成并对外开放。

6. 癸卯：指 2022 年。

7. 城隍庙：指上海城南一个著名的景点。

七叙　春日上海高邮杭州畅想多感

一　春感

三九江淮涌寒潮，冰封四野梅枝俏。
雪为描白衬腊梅，风来浪起荡柳条。
酒醉犹怜黄浦月，梦回唯待钱塘潮。
林风也助雄鸡唱，唱到天皇下金桥。

二　春夜

晓雨轻润紫竹林，旧日香绕户外亭。
苍发半秋听禅韵，老屋孤灯忆风情。
昔日高低云舒过，旧时苦甜风随零。
此生未敢称小儒，窗前举杯邀汉星。

三　春野

乡野布谷二月啼，柳条小剪辰初均。
若寒晓风南郊外，似暖初阳浦东人。
子子乘暖小径闹，乌鸹往复杜鹃深。
他日有意眠野外，轻风晨旦暖小村。

四 春早

柳眼桃腮百花早，烟波桨棹忆船篙。
细雨绵绵润苍野，晓风清清承州郊。
旧燕剪影江洲美，新草初出运河滔。
江淮春色肇轻雾，运河舟楫送绿潮。

五 春行

院内闻吠忆炊烟，墙头枯藤照日西。
春雨才润桑柳身，枸叶已出运河堤。
天地冷暖惊蛰后，窗外竹深杜鹃枝。
都说此宵天正宽，万里归霞不知期。

六 春水

四野茫茫雾笼舟，梦里往返北澄头。
珠湖千鸭入新水，枸杞几枝出旧楼。
运河南去江东阔，少年北上风带愁。
老屋梅桩花初放，新春绿纱雾笼舟。

七 春日

如梦岁月逝匆匆，万物风流各雌雄。
旧燕双飞去年家，新莺对唱花枝丛。
心存礼乐周身暖，梦回乡村四季红。
欲写春日须醉酒，柳絮随风过江东。

八 杭州

累日凉雨润柳头，断桥绿风出小荷。
随风摇曳谱新曲，白堤群蜂舞花丛。
太子湾内落紫雨，篁岭山上出新香。
清波门外南宋事，西湖边上钱俶公。

九 杭州

年年春归皆心动，霏霏花雨醉心中。
柳枝初剪摇水影，桃花小开露真红。
绿水临风漪潋潋，青山绕烟雾蒙蒙。
西子本是海潮堰，千年雕得天堂功。

2023 年 3 月 17 日于上海家中

七律 夕阳无限及另一首

今年我们一个大家族准备在五一放假期间照一个全家福，从前辈千辛万苦到我们各家小康，既是时代的恩泽，更是各家每个人的共同努力，特此七律纪念。

夕阳西照河边柳，身虬叶露满眼秋。
宽街青烟小雨润，长水白溪源上歌。
苦楝[1]经时挡风雨，百川千里闯扁舟。
野木遮阴出繁枝，从此山花笑五洲。

附一首打油诗：玉兰花开之困惑

老屋[2]玉兰竞相柔，主家迟对邻家羞。
邻家花落成灰土，余家花初树梢留。
春时纳闷花一种，他家花早我家头。
十年愚钝一梦醒，花待善主香不休。

2023 年 3 月 17 日于上海徐汇

注：

1.苦楝：楝树，一种落叶乔木，树皮、根、果实特苦，可入药治疗蛔虫病。生长较为缓慢，木质坚硬结实常是制作

101

家具的木料，由于自带苦味基本没有虫蛀。

2. 老屋：我家住宅自谦。小区的一条巷内约十三户人家，每家门前都有一棵白玉兰树，但我家比邻居家的花期总是迟上一周至十天左右。

七律 杭州西湖涌金门外游记

因公出差到杭州，住西湖大道索菲亚大酒店。傍晚稍闲，于零星小雨中，从涌金门遗址前步行至柳浪闻莺湖边的一小饭店，休闲饮茶中，见雷峰塔于左侧、三潭印月与湖心岛于对面、阴雨中载着游客的船缓缓而行。湖面浪花一片，近处湖面上一孤鸟立于水柱上张颈探望。远处青山如黛，烟云如练，对面重山逐渐淡去并融入天际夜色之中。

青山远黛绕轻烟，乌船[1]凉雨三潭前。
细剪西湖二月柳，初开樱花九曲亭[2]。
晨阴湖旷云欲低，桃树横虬绿水影。
金牛[3]何卧涌金水[4]？海棠难报四季新。

2023 年 3 月 30 日于杭州某宾馆

注：

1. 乌船：乌篷船，是一种有黑色顶盖的小船，过去常见于江南，鲁迅先生笔下曾写过此船，现只能在江南景区多见。

2. 九曲亭：位于南山路的一处九曲桥旁的亭，本人称之九曲亭。

3. 金牛：位于涌金门外与本湖相连的池塘中的金黄色水
牛雕像。

4. 涌金水：指涌金门外的湖水。

松竹梅集

卜算子·秋日赋

这是本人退休后返聘三年而作，2020 年底本人拿到第一份退休金，但内心却高兴不起来，不知道是对未来的茫然，还是对人到老龄的恐慌，但这确是自然规律，只有把自己放在大自然中去感悟和思考、生活、经历，自己才会回归真实、平静和安宁。

少游高邮湖[1]，晚约黄浦江，四十五年[2]话炎凉。
笑谈半瓶醋，醉论满玄黄[3]。
半生骂万户，半生柴米累行囊，离离地上霜。

闲门几改火[4]，四季调阴阳，相约旧友踏昆冈[5]。
镜外[6]露水短，画中夕阳长。
大江东流去，毕竟秋日风光好，悠悠桂花香。

2023 年 9 月 3 日于上海家中

注：

1.高邮湖：位于江苏高邮大运河西，面积 700 余平方公里，盛产鱼、虾、蟹，其高邮咸鸭蛋多出于此，为淮河入长江的通道，原为大运河组成部分，20 世纪 50 年代大运河拓宽时裁弯取直，修建了一条河堤隔开运河和高邮湖。

2.四十五年：本人自 1978 年底参军、上学、工作，至

2023年一共有四十五年。

3. 玄黄：原指古代传说天地初始时的状态，泛指天地间古往今来的各项杂事、历史和传说。

4. 改火：泛指时势和季节变换。

5. 昆冈：指昆仑山。

6. 镜外：指照相机镜头外。

七排 二十四节气歌

二十四节气就是一年的 24 个重要时间节点，将这些节点串起来，你就会发现：一是四季的轮回，但每一个轮回又不是一个简单的重复；二是四季的差异，夏天酷暑，冬日严寒；三是人与自然的关系，它给我们那么多的感触和思考。人处在自然中，又从自然里走出精神层面的东西，这就是人与自然的基本关系。所以二十四节气是反映季节变迁的自然现象，它道出我们对自然的认知、相处和共生情况，更是反映人类对自然的一种态度。

引子

临港[1]登高天地远，云卷潮涌江海流。
何处寻得洋山港，一桥飞渡老虎头。
五一姚庄胞地[2]游，三郎庙[3]外十里沟。
庄周他乡蝴蝶梦，花谢老村寻旧愁。

春来早莺争暖树，热日玄鸟芦苇沟。
菊黄云淡天际远，寒雪荒野素满楼。
四季轮转洪荒始，潮水涨落月有愁。
多累人生皆沽名，白云深处水悠悠。

二月 立春

浦江云涌几重暗，一夜雪落腊梅低。
沪郊两河几冷暖，长堤雾影谁家笛。
江南小巷风始暖，塞外漫天雪更急。
风光异同无人识，南北早春景正奇。

二月 雨水

新风悄然入天地，雨后竹林霁霞明。
沥沥小雨才报春，袅袅青烟追云庭。
桥头瘦柳叶初剪，又见清泉石上吟。
难闻河西羌笛声，暖乡几人思霸陵⁴?

三月 惊蛰

晓雨轻雷天渐明，百里运河⁵柳扫坊。
布谷声出净土寺⁶，群蜂觅花吐芬芳。
窗外芭蕉才见绿，载花小河东南窗。
江南最好三月天，桃红柳绿少年郎。

三月 春分

春分时节均昼夜，几枝瘦竹假山间。
何时暖风潜入夜，同报玉兰一树颜。
子曰成事十二三，风雨高低择路难。
云腾千次方为雨，曲折万里昆仑山。

四月 清明

诗曰清明雨纷纷，雨后祭祖广陵[7]前。
纸烟香果祭逝者，扫墓除草祈福田。
落花不好愁祭客，云水长隔阴阳间。
前人栽树庇后人，吾辈举善报平安。

四月 谷雨

半日晴暖半风雨，新风助水复暗明。
雨后天霞半在村，晚风笛送夕阳情。
蔷薇未开闰二月，春在枝头才五成。
塞北尘入江南夜，雨歇郊外风盈盈。

五月 立夏

夏来绿深入童眸，芦获深处白鹭影。
常思家燕何处去，夜深西门听蛙鸣。
后院常留斑鸠声，今日彩蝶寻竹林。
黔州此时景最好，杜鹃红遍百里天。

五月 小满

又到樱桃尝鲜时，郊外花红难寄情。
无边麦穗才低头，长野葱茏接天青。
小河雏鸭随舟远，夕阳渔歌鸬鹚声。
小满时节梅雨急，草在低处最菁菁。

六月 芒种

运河东西稻苗青，大江南北麦忙收。
秧田夜来水始静，犁牛身后雏鸟留。
少时节气说双抢，边收麦子边插禾。
自古当数农民苦，寄盼秋来谷满楼。

六月 夏至

艾草菖蒲挂门迟，寒食巧遇夏至还。
扶桑欲得蚕丝白，蜻蜓恋上莲花尖。
树上金蝉摧太清，楼下情侣恋月圆。
自古天道酬勤者，长天毒日江无澜。

七月 小暑

热浪滚滚运河边，扇摇树荫盂城驿[8]。
燕子低飞热雨到，蛙声一片黑夜兹。
儿时记得对天问，星汉[9]轮转力何依。
葵花奈何旦夕转，一雨更比一雨稀。

七月 大暑

一年之中最热时，旧日井水消恶暑。
蝉忧耄耋午睡中，无风之夜心难舒。
新晨荼毒黄浦江，晚来氤氲淀山湖。
今时记得少年梦，沧浪之中独一夫。

八月 立秋

去年秋来天酷热，火龙热浪四十天。
鸣蝉终哑天方净，幽燕身躲樟树冠。
自古伤秋离别事，老叶离树事难定。
虽说明春又新出，新叶不比旧叶难。

八月 处暑

落霞时分天见沉，禾苗青绿豆始黄。
南疆棉白催人采，坝上草黄见肥羊。
江南日下虽是热，行人晚归夹衣装。
南北同唱罗刹海，刀郎十年曲一章。

九月 白露

辰时远出小河边，草尖盈盈凉露晶。
远望玉阶生白露，遥想关外草渐零。
阿尔山[10]上云水冷，兴安岭上雁叫声。
小河蒹葭尝浅露，正是沃野谷丰盈。

九月 秋分

又是昼夜均分时，晚风拂面水平平。
今晚霞飞无忧事，相约西南山水城。
当知鳜鱼最肥时，月明夜深露成凝。
秋风吹梦三千里，落雨成诗十万情。

十月 寒露

屋外柳愁蝉净语，菊花开后百花凋。
大江南北风渐凉，芙蓉[11]叶落秋风高。
四季轮转天注定，不以秋色论天老。
光色渐淡人添衣，落霞成画入云霄。

十月 霜降

西郊佘山[12]逢深秋，红叶黄花[13]入眼眸。
风蓝江渺南飞雁，湖白蒹葭[14]浪打舟。
天高常有云影过，家燕早离上海郊。
天道秋深人渐老，当留傲骨寄书愁。

十一月 立冬

半塘残荷对夕阳，北风夜到杭州湾。
虎跑泉下水色冷，茅家埠[15]上天更蓝。
太子湾内寒灯旁，难舍泓一[16]送别寒。
细说南朝保俶塔，几度兴废宝石山。

十一月 小雪

台城[17]雪松耐清寒，北风长绕紫金山。
中华门楼锦旗猎，玄武湖畔树无颜。
城外峰峦记旧事，珠泉[18]随君振手还。
不绝长江滚滚去，阅江楼[19]上风正寒。

十二月 大雪

北极风到八达岭，暮雪苍茫居庸关。
大河一夜静无声，江南千野素装扮。
山河壮美话长城，天池[20]锦绣在天山。
此时夜登黄山夜，亦知徽州雪后寒。

十二月 冬至

冬到此时日最短，三九时节天最寒。
运河两旁叶凋尽，江淮一片树凛然。
夜晚风寒取金纸，几片祭祖火光钱。
华夏万里代代传，继往开来五千年。

一月 小寒

阴云重重天骤冷，寒风似刀掠承州[21]。
少时曾戏冰河上，今日难见寸冰花。
向晚寒气正隆时，围炉煮酒香气含。
忽见窗外腊梅树，雪下悄然露花尖。

一月 大寒

雪落无声梅花开，松竹瘦石长精神。
阴云重重天欲坠，岁寒不记三友[22]名。
韶华似水匆匆过，明日新辰桃李门。
百姓无事便是福，烟花驱毒又新春。

结语

龙潜虫飞知冬夏，人间二十四节气。
坐地日行八万里，春夏秋冬无尽期。
残书酌搓何时送，旧日轩窗日月奇。
夜闻东海春潮涌，海棠醉雨一梦息。

风雨彩虹四十六[23]，世间冷暖当自知。
半读江湖属无奈，剩对黄书[24]是真痴。
李白虽喜巫山雨，余恋西湖柳叶低。
云开水转皆天曲，正道沧桑自成诗。

2023 年 5 月 12 日于上海徐汇

注：

1. 临港：即上海的临港新区，位于浦东东南，长江进入
东海的末端，因近洋山港和浦东机场，故称临港新区。

2. 姚庄胞地：指本人出生地，江苏高邮原横泾乡姚家庄，
现与温家庄合并称温姚村，今年"五一"期间利用给家人做
寿之机又去了一次，那里已经没有几个我认识的人。其实以
前多次去过，也不知道为什么经常想去看看，大概就是藏于
内心深处的一种情感吧。

3. 三郎庙：过去的乡政府所在地，本人高中读书阶段，
以及毕业后半年临时工作时所在地，旧时称为三郎庙。《水浒
传》中孙二娘开黑店的地方传说就在此地，那个的大磨盘就
在老粮站东边。20 世纪 90 年代本人曾经找过，但都没有看到，

其实这是小说中所写。

4. 霸陵：指汉武帝墓，汉武帝时期与匈奴进行几十年战争，终将匈奴打败，并将其逐出阴山以南和河西走廊，使西汉相对保持了近百年的边境安全稳定，他对汉朝强大和多民族融合做出了巨大贡献。

5. 百里运河：本文专指位于江苏高邮一段大运河，它从高邮界首南出至高邮车逻南止，全长约 50 千米，旧时将一千米称为两里，故称百里运河。

6. 净土寺：位于江苏高邮市城东南处，俗称东塔，明神宗时所建，距今 400 余年。

7. 广陵：扬州旧称。

8. 盂城驿：位于江苏高邮城南、运河之滨。为目前全国保存最完整、最大的明朝所建驿站。为当时邮政、交通、军政人员过往之用。

9. 星汉：指银河。

10. 阿尔山：位于内蒙古，那里风光美好，秋色醉人。

11. 芙蓉：成都的市花

12. 佘山：位于上海西郊，山高约 100 米，建于山上的天文台曾经非常有名，后由于城市扩展搬至浙江。

13. 黄花：指菊花。

14. 蒹葭：一说芦花，也有说是位于水塘或河边岸上的荻花，《诗经》解读中普遍认为是芦花。

15. 茅家埠：位于杭州内西湖西北一侧的地名。

16. 泓一：指清末民初在杭州虎跑寺出家的泓一法师。

17. 台城：位于南京鸡鸣寺一带的城墙。

18. 珠泉：位于南京江北老山东侧的珍珠泉公园，水中经常会冒出一串串水泡，因似珍珠，故取名珍珠泉。

19. 阅江楼：位于南京城北长江南岸，为江南四大名楼之一。

20. 天池：指新疆天山上的天池。

21. 承州：高邮别称，传说元末张士城曾在高邮称帝30余天，临时改名为承州。

22. 三友：有对联曰：松竹梅岁寒三友，桃李杏春风一家。

23. 四十六：指本人工作四十六年时间，包括退休返聘三年。

24. 黄书：旧书，因过去保管原因纸张经常发霉变黄，故经常将收到旧的及较久由自己保留而未发出的书信称为黄书。

第二部分 自由诗部分

在希望和匆忙的石涧中

从你的眼睛里，我看到了自己的模样，
反反复复地写满了坦荡。
当抬起头时，石涧里又总跳跃着——匆忙和希望。

还在你眼睛里，看到了自己的目光，
满满盈盈地播撒着希望和匆忙。
在千百次重复中，许多的空乏变成了——秋日
的庄稼。

远眺阅江楼一直到天籁的飞雪，
俯视扬子江坚决不回头的东去。
我得好好想想呀，
三年的耕耘是种下了希望，还是落下匆忙。

可那钟山脚下的腊梅噢！
在那干凉的历史见证下，沐浴着石涧中升腾的
紫气，
在万里素裹的银妆中，早立枝头、翘首怒放。

我赞美紫金山，每当那太阳轻轻地升起，
你就周身赤亮，卷起霞光一万道

我歌唱扬子江，
曲折又八十一弯，携沙抱石一路走来，
激起浪花也有三千丈。

我询问过庄周，何为正道，
北冥之鱼，怒而飞，奋翅八万里？

我还询问过达摩，又何为禅虑，
静思面壁，弃五盖，竟需三百天？

让我告诉时间，
请你把每一寸光阴，都留在时代的窗户。
再让我对苍穹说，
亘古不变的人间五千年沧桑。

好多的话，还没有讲完，
好多的事啊，我们还得慢慢地想，
但是我说，我们一生要走好。
有登高后的心襟、更要有临崖时的秋风，
人生的路上啊，我们定会与成功拥抱。

深深的一个祝福，
再送你一个力量、愿大家一生的匆忙中，永抱
希望。
相信我们今后会更坚强，因为生命之河中，有
一副扛着正道和使命的臂膀。

让我们一起告别旧的时光，
洒一身朝阳，永不会迷茫。
在希望和匆忙的石涧中不停地跳跃，
用勤奋和执着，去筑起
烙着我们心中的匆忙和希望。

2004 年 1 月 20 日于南京职场

致财务人员一封信

曾经有一封信——
久久没有寄出，
就是因为秋天的落英太多、太密。
也曾经有一心愿——一直尚未实现，
那是秣陵的阴霾太深、太厚。

一个婴儿从母腹里诞生时，
总是不安地啼哭——
这么大的一个世界，我将在何处生活？
一个壮汉从森林中走出时，
总是冲动地问——这么大的世界，全是我的所有？
于是他将自己变大，想把地球抱下，
可回头——自己的脚又不知放在何处。
他又将自己变小，想钻入深深的地壳，
可细想——自己的头颅又没有长角。

我梦见自己常在月黑风高的荒地中游走，
也梦见常回混沌未开的世界里呼叫，
还梦见自己置身于波涛汹涌的船上的无奈，
甚至更梦见过被恶魔打得遍体伤痕后的嘶号。
我对黑暗说：玄色或可，又何必让啸风，这么急。
我对原始讲：客观世界丰富多彩，你不是唯一。
我对船长说：别放弃自己，等待中一切都有机会。
我对另类讲：抓住头发而想抬高自己，你又值了几何。

当我冷静地看待这个存在时，
也可怜它的渺小；
当我疯狂地拥有这个存在时，却又不知我能坚持多久。
于是一切的一切，一切的一切，
都因我而改变。
我把它捧在手上，
可有人却说：他手上有温度，会烤化现实。
我急忙将它放到怀中，
可又有人讲：他身上有蝻虫，会食去存在。
我惶恐地放到地上，
更多的人却叫喊：看啦！他在放弃我们的所有。
于是我茫然、恍然、愤然！
当愚者有了动机时，智者们啊，你们在想着什么？
当愚者做好选择时，智者们啊，你们在玩着什么？
当愚者做出行动时，智者们啊，你们在干着什么？

在哈姆雷特痛苦时，
在罗丹的思想者痛定思痛的时候，
我走过了人生的沼泽地，
我思索，也着急，更在呐喊！
我要登高拓宽自己的视野，
还要群体的智慧共享这个世界，
更要将自己的心声与现实一起奏响，
接受时代的相邀，更要与未来拥抱。

我 —— 有一个梦想，告诉大家
努力后我们美丽的家园是个啥样。
我 —— 也是一个真正的热心人，
想使每棵树都拥有秋之华实、春的阳光。

我 —— 更想做一个纯粹的人，
想把自己 —— 每份痛苦和喜悦与大家一块分享。
让我们一起歌唱昨天吧，
无论是成功、失败，还是快慰、遗憾，我们都
没有放弃。
让我们大胆歌唱明天，
无论是希望、结果，还是辛劳、收获，我们也
都会拥有。
让我们再吟一首欢乐颂，
使成功伴随着每位朋友。
请让我用真情酿成一壶美酒，
祝福我的朋友，让你们成功永伴，幸福常有！

2003 年 12 月 26 日于南京职场

守望宁静

一

宁静是一个弯弯的月亮，
混浊世界，苍茫一片的夜晚。
我不知道究竟为什么，一个生命在遥远的地方，
本能地寻找自己归属时，你就成了命运的起点！
时间老人将你孤挂在天边，变成宿命的弧。
是让你启示着规律，还是引导着坚决？
我那心灵深处的希望。
你有生命吗？
如果没有，为什么还在周而复始地循环，
如果有，又为什么有那么多的阴晴圆缺。
难道就为那可怜的一点点依存，就这么无怨地
坚守。

二

宁静是一片亘古的原野，
当莽莽世界，成为一片本色的时候，
漫天的飞雪，却在为你遮盖着裸露。
无边的宁静突然被春雷撼动，
火山爆发啦！上苍停下了他匆忙的脚步 ——
聆听那来自天籁的声音。

新的元素成为世界的时候，或者 ——

你拥有了世界的时候，苍穹里会不会有你特有的啼鸣。

难道，宁静就这么奢侈 —— 不愿响应你第一个属于生命的请求？

三

宁静是一头暮归的老牛，

夕阳西下的时候，它把疲惫放在肩上。

你幸福吗？早晨就看到了晚上升起的星星，

你痛苦吗？春天的时候等着秋天的收割。

我在看着他蹒跚的脚步，寄希望秋后的丰收，能点燃他生命的守望。

独有的世界就这么执着 —— 像年轮一样，重复的故事有几千载啊！

即使残冬枯阳雪刀，苦夏灼日风毒，执着也是你一生的追求。

冬天到了，落雪无情地铺在绿色的生命上，

大地一片萧肃，你在那里，那里又是你承载生命的地方，

为这静静地等待、静静地祈祷，

难道需要一生守候？我的生命！

四

宁静是一条静静的小河，

你无声地远行，带走城市的喧嚣，也带走了多少年的沧桑。

静静的河水啊！你是最早知道春天的脚步，

如蓝的春水娓娓告诉你，即将过去的时辰，
静静的表面，欢吟在匆忙地划过。
当燕子低垂飞过时，夏天就在小河上停下脚步，
兴奋的闪电击破思想的迷茫，让宁静的小河荡
起久违的欲望。
轻轻的芦苇花絮，飘落在饱满的河面上，
又是到了一个收获的季节，
当河边的房舍腾起炊烟的时候，它就沿着河水
慢慢地离去。
冬天的帐幕厚厚地覆盖在静静的小河上，飞走
的雏燕忘却不去它的模样，
此刻的宁静是从容的心境，等待后的喜悦啊！
不是吗？闪着寒光的冰面下，春天的叮咛声，
又在轻轻地唤起……

五

宁静是一个无欲的早晨，
万物寂静的世界，一片无声，
只有东方会静静地升腾起今天的希望。
一株小草浸透了上苍甘霖，悲喜的小手伸向东
边的方向，
你说，这样的早晨不该宁静吗？
仿佛每个声音都是亵渎，那久久不能打破的
一切。
生命就这么简单，韶华的每天普照，
几多梦里追寻，都为之呐喊，但又是一曲不用
唱出的歌。

六

宁静是我无悔的昨天，

初春熙阳、盛夏蝉鸣；秋风云白、冬雪苍茫。

时间是不能排解开的浓浓情愫，一旦拥有，又岂能言弃！

你说世界大吗？坐地日行八万里，

蓦然回首，苍然间，烟笼秋水锁大山。

你说人生短吗，一枕已有多少冬，

悠然走去，却道是，止水心静藐千侯。

有人说，西窗里饱含万里河山风雪，

也有人讲，陋室外悟透一生冷暖饥寒。

这——

让人荡气舒心，浊酒一壶别眼去！

了却百年夙愿，佐证命运一生沧桑，又何妨，

难道要低眉折腰事蓬蒿，几多人，欢心还？

七

宁静是对明天的向往，

夜晚，我静静地站在路旁，

当胡同口的长明孤灯，播撒着一缕光亮时，

此刻我突然超越了自己躯体，

从容地荡涤了心灵的浮躁，重拾起——

不变的追求，不解的情怀，不屈的人生，不灭的希望！

此时，我会静静地说，人生苦短，来日还有几十年？

算什么得失，道什么长短，理什么春秋。
静静的，我不屈的坚守 ——
华发又如何？半辈无憾，岁月如水悄然去，
老去又怎样？一生无悔，青春不逝踏歌来。

八

今夜，我会静静地想 ——
想那独钓寒江的一生自信，想那登高而揽山小后的胸襟，
想那闲花落地的几许叹息，
想那细雨滋润心田后的无尽泪花。就是为这无悔的生活，
守望这心中 —— 无边的宁静。

2007 年 8 月 20 日于北京总部

废墟中的读书声

一

跌落的时钟——
永远记住了那揪心的时刻，
公元 2008 年 5 月 12 日的 14 时 28 分。
地狱伸出魔爪，挣脱了大地的桎梏，
冲向百万无辜百姓。
刹那间——
天崩地裂、烈焰冲天、河水倒流、山川倾覆，
盘山公路被撕扯得四分五裂，
祥和村庄被践踏成废墟瓦砾。
安闲的老人，本该捧着蒸腾热气的茶壶，却被
砖墙推倒；
怀中的婴儿，来不及发出一声啼哭，就定格在
茫然的瞬间。
地壳深处传来了野兽的咆哮声，
隆隆地滚过——
那片曾播撒希望的大地，
须臾之间有许多的阴阳相隔。
迸发的浓烟，冲上九万里天空，白昼瞬间暗淡。
撕裂的声音，带着呼号，吞噬着条条鲜活的
生命，
曾经热闹的街头，都变成了远去的记忆，

只有夜晚那点点的烛光和漫天飞雨，诉说着无尽的悲伤。

二

这是一个什么日子，

刚刚还林立的教学楼，一阵颤抖后，成了碎石瓦砾，

还坐在课堂上的同学们——

那一刻，定格成了永恒的姿态。

逝者身边散落的课本，述说着他们的美好憧憬——

远去的生命，天堂之路是多么遥远啊，孩子——

你可能听得到我的呼唤？

当总理拿起沾满泥土的书包时，耳边的读书声却越来越远，

再看一眼，散落书本旁的小小躯体吧！

请你告诉我，一个人远行，你是否孤独，

回来吧，孩子，哪怕是用我的生命。

拥抱你——

一盏烛光，一件薄衣连接你我的心脏，去温暖你、去呵护你……

让我们共同为生命守望。

三

忽然间——

搜救的官兵，

听到废墟深处传来轻轻的读书声，

焦急的发掘和抢救，探向废墟的深处——

透过斑驳的光线，隐约看到一个清瘦脸庞，
脸上沾满了灰土，书却始终没有离开他的小手，
一双眼睛透出清澈明亮的光。
蜷缩的身体上——
覆盖着层层的废墟，依旧是狰狞的模样，
仿佛转瞬间要吞下这弱小的生灵。
极度骇人的那一刻，你奔跑过吗，
或者在铺天盖地的恐怖中，我不知道是什么
力量，支撑你没有舍弃生的希望。
稚嫩的双手，布满了早已凝固的鲜血，
褴褛的衣衫，遮掩不住单薄的身体，
即使七十多个小时，未进一粒米、一滴水，
也没让那孩子放弃对知识的渴望。

四

处境如此险象环生，生命如此岌岌可危，
孩子，却又如此淡定。
我真的不知道，是本能，还是一个民族的追求，
即使死神伴随身边，也没有选择放弃。
轻轻的读书声，是一个孩子的坚强吗？
不，那是我们苦难的中华民族——
一个个坚忍的时代，一个个执着的追求！
孩子，我要你重新拾起课本，让琅琅的读书声，
伴随着民族的崛起。
几千年的民族史，还不能证明吗？
谁也不能让中华民族低下他高贵的头。

五

你看看 —— 母亲临死前还在给孩子喂奶汁，延续他弱小的生命，

我们的下一代仍睡在 —— 他母亲早已僵硬的胸膛，

谁说我们明天后继乏人，难道这伟大的母爱，

还不能教会孩子，什么是生命和精神的传承。

老师伸开的双臂，护佑身下的学生躲开了死亡的魔爪，

迈向天国的老师啊 ——

您身下的孩子，多年后，他们将会站在您曾经站立的位置上，

告诉新一代，什么才是民族真正的脊梁。

六

哭泣的岷江水啊，请你慢些流 ——

多带走一些翻飞的纸灰，多带走一些悲伤的眼泪，

告慰步向天国的魂灵，抚慰悲泣不止的生民，

告诉他们，曾经的梦想从未改变！

七

轻轻地，我们呼唤你，

是不想让你在极度的恐惧和疲惫中，离我们而去。

轻轻地，我们移走你身边的瓦砾，
是不想让它们伤害你稚嫩的身体。
孩子 —— 你慢慢地读吧，
渴了，就告诉叔叔一声，我将递上甘甜的河水。

你放心读书吧，
明天的太阳一定会照样升起！
来，孩子！慢慢地伸出你的胳膊，
用手抓住我的肩膀，
再带上你的课本，
放心，有我们在，你的生命就是我们的承诺，
带上你的梦想，
让我们人生路上一起走！

2008 年 5 月 17 日于深圳住所

如果老去

如果老去，我的梦想
就同沙漠里的胡杨林一样，周身披满金光。
即便剩下枯萎的躯干，
也会千年不倒，
倒下还是千年不烂。
其实，衰老并不可怕，人间更替、世道轮回。
可怕的是匆匆而过的一生，
没能让精神在图画中，留下美好的憧憬。
请检验我吧！即使匆匆而过，
也要在足迹处留下辉芒。

二

如果老去，我会紧紧地枕在你的怀里！
感受温暖对自己的释怀。
轻轻地叹一声，放下无法实现的抱负，
轻轻地笑一下，回味给自己带来的匆忙。
让我轻轻走吧，
只要我的世界没有太多的仇恨、杀戮，
就会让自己心灵变成一片羽毛，
在这无尽留恋的世界上不停地飞翔，

在梦中，慢慢体会生命的宁静与安详。

三

如果老去，我会抚摸一下你的脸庞，
用遥远的星光，
理解几十载风雨中的快乐和劳忙，
望一眼你的目光，
思索我的世界是否印在你的心上，
用什么，让牵牛花装扮我的心房。
也许，遥远的世界并不可怕，
也许，未来的心路并不难走，
只要成功和平实变为一支安魂曲
再有一支化作星雨的烛光，引领归去的路程。
即使没有瑞雪花瓣，
我仍会在生命的最后一刻，
留下微笑的脸庞。

2008 年 10 月 20 日于深圳住所

第三部分 杂文部分

怀念晨烟

　　我是在苏中的一个小镇和附近村子里长大的，至今还深深留在记忆中的，一是河水，随处可见的河，随处可见的水，河随岸变，水如蓝沐，曲折蜿蜒绵长。二是芦苇荡，学名为湿地。一年也就是二景，春夏是青绿，秋冬就变为灰白，一望无际，当北风吹过，芦花随风而舞。三是炊烟，天天能见到，时时能感觉，宛如柳絮般轻轻袅袅地升起，又如薄纱般淡淡远远地飘去，它强烈地唤起我渐渐淡忘的记忆。

　　印象中居民的房形呈东西向，两面坡的三居室居多，中间是堂屋，功能类似于现在的客厅和餐厅；西边的房子叫西厢房或西屋，一般为主人卧室；东边称为东厢房，它的南半边多数还会向南顺坡延伸一些，那里就是炊烟诞生的地方，当地人也称为锅屋。家境好一些的人家，则会在房子的东南或西南一侧，加盖一个与之垂直的单间小房，专用于生火做饭，根据它的功能，也就直接称之为锅屋了。我们那儿平日雨水多，因此，锅屋都特意做大一些，用来堆够几天做饭的稻草（或麦秸），炊烟就从这些地方升起来。

　　家乡的炊烟四季不同，春天是清凉的，夏天是炽热的，秋天是轻盈的，冬天是干冷的，但给我印象最深的是在初春的季节里。

　　早春时节，是村民们最为忙碌的时候，炊烟每天很早就升腾起来了。这时候村庄里、田野上，星星还拥挤在茫茫的天空中，月亮仍孤挂在冷冷的地平线上。周边时常覆盖着一层淡淡的薄雾，高度刚好到房屋的窗户和树干的中间，在还有些寒意的早春季节里，轻轻地辅在错落无序的房舍间和开始有了淡绿色的田埂上。站在高处，隐约能看到的只是雾中透出的褐色屋面和暗色树影。走到树下，你能感觉到那些刚刚长出黄绿色的嫩叶上，还不时滑落的水滴，掉在那些不知名的草或花上，发出让人难以察觉的声响。我不知道这是露水的惊诧，还是花草的窃喜。大河小渠中雾气确显得更加浓一些，无边的平原被笼罩在无垠的晨雾中。黄色灯光似有似无地闪着，鸡鸣声音也显得单调和悠远，一切都那么熟悉，一切又这样安宁。每当这一刻，心中有一个什么东西在慢慢地弥散开来，让人有一些清凉感觉。渐渐地，太阳好像很不情愿从地平线的那一边慢腾腾地走出，先把天空东边的一部分染成暗红，然后才慢慢地褪色，由绛红变成大红、再转成浅红，这时的大地就开始有些亮了，狗吠声和女主人轻盈而又急迫的脚步声，一下子就把大地吵醒了。因为早餐时间很紧，火就烧得急，从烟囱还有些模糊的黑影中，首先看到的是冒出的火星，急急地飞出，又急急地消逝。随着天空中的光线增加，雾也稍稍地淡了，烟囱中蹿出的火星这时也就见不着了，变成了缭绕在每家每户的炊烟。炊烟从烟囱中刚升起的时候，是急急的，出来的这一刻几乎是直着身子，颜色也是黑色，随着高度的增加逐渐变成青色，速度也就慢了下来。随着风向不断地变着形状和角度并渐行渐远，最后成了一抹蓝色，直至消融在洁净的天空中，无数条青烟汇成了深色的云彩。当你站在远处瞭望刚刚苏醒的村庄时，那几百户大小的村庄，几乎同一个时辰升起的袅袅炊烟，与古朴的房舍、淡淡的薄雾、静静的河水，置身在清冷的天空背景下，构成一幅让人流连忘返的水墨画。你说，你还会挪动脚步吗？或者说你能去扰动吗？

其实，早春季节是村民最为辛苦的时候，清凉的河水、清冷的星月，没有让女人们停下匆忙的脚步，也没有让男人停下咳嗽的声音，更没有让学童们停下争吵和打闹。农村是现实的，现实到一分耕耘一分收获，现实到每一粒稻谷都必须靠你自己扛回家，现实到要考虑锅里四时是否有饭，孩子是否能读书，老人能否赡养。几千年的农业、几千年的农村，在几千年来的农民手中，每年都辛勤地重复着相同的过程，炊烟就这样伴随着农民的生生不息，成为农村特有的一景。

转眼离开家乡已有三十余年，当再寻找让我牵挂的袅袅炊烟时，它已变成了难得一见的风景。村民们已多数不再用这传统的炊事方法了，煤气和煤炭代替了几千年的稻草和秸秆。这些稻草和秸秆，听说有些被送到了环保较差的造纸厂，有些就直接留在田头任其自灭，还有一些被村民们推到河里。虽然社会发展带来了农村的炊事变革，极大地改善了农民生活，但这时的河水变得有些差了，天空中的蓝色也有些少了。我不知道这是发展所必须付出的代价，还是发展必须走的一段弯路，但我确实怀念过去的晨烟，我怀念那安宁而又平实的过去，它成为我心底最深的记忆。

2006 年 8 月 25 日于北京住所

补记:

　　随着社会和经济发展，全国对大气、水环境的要求和治理日趋严格，近年来，老家的蓝天多了，河水也更加干净了。我想，炊烟虽然与过去不一样，但新的炊事方式节省了许多人的时间，也改善了大气环境，这是时代的进步，也是我们国家上下一起强调青山绿水就是金山银山理念的成果。

蝴蝶挽歌

前两天北京下了一场小雨，淅淅沥沥的，温度也跟着下降了一些。早上的上班路上，偶然看到路边有一只蝴蝶正在挣扎着，我连忙走过去一看，原来蝴蝶翅膀受了潮，飞不起来了，而且有一只翅翼断了。它总想飞起来，或离开公路以躲避杀身之祸，但总是不能成功，我为它的徒劳而感叹，也为它的执着而感动。

按道理蝴蝶的翅膀被雨水淋湿，是不应该影响飞行的，否则一到雨天，那蝴蝶不是死光了吗。所以我想它可能是受到外力伤害，是撞上汽车？还是撞上电杆？或是受到了天敌的伤害？我认真看着它不断挣扎的身体，想那一颗想飞翔的心。它可能也看到我了，不知是害怕，还是受到了鼓舞，更加起劲儿地拍腾着，总想离开这个伤害过它的世界。我怔怔地看着，时间在一秒秒地飞驰，希望也在一秒秒地减少，我很想帮它，但更怕伤害它，因为我无法与它交流，不能把自己的良苦用心换成它的理解和回应。

蝴蝶是毛虫化蝶，用短暂灿烂，来换取自己美丽的生命。其实在它的幼虫阶段，确是很丑的，浑身长满了各色的毛，大人小孩看了都很害怕，它还不断吃着各种植物的茎叶以吸收能量，让自己快快长大，我想它每天都在憧憬飞翔时的美丽吧。我不得其解，难道为了几天的美丽，你就这么执着地努力？为了几天辉煌，就将自己生命无限缩短？难道为这几天梦想，就这么艰苦地劳动，甚至，将自己的生命用自己酿造的丝包裹起来，变成蛹？我不知道这生命的过程、这劳作是否值得，但它的坚持和执着，却让世人汗颜，人类计算自己的生命价值与其他动物是不是一样的，我不知道这是人类的进步，还是异化。

　　路边的这只受伤的蝴蝶，还在挣扎着，上班的时间快到了，我不能守护它了，希望它能如愿。可能是我在回避什么，但自我感觉是真诚和认真的。雨丝还在轻轻地飘着，我的心仍在牵挂着那一只受伤的蝴蝶，希望它能飞起来，让太阳照干它身上的雨水，温暖它冰凉的身体，让它能如愿地离开这伤害它的地方，让它重新飞起来，去感受自然的美丽、感受那生命的博大、感受自己铸就的辉煌。我想会的，这是自然的法则。

2006 年 9 月 2 日于北京总部

秋月古镇

这两天，一行几人出差到苏州，住在城郊镇上的一处宾馆里，那是秋色渐浓的日子。

傍晚，太阳落下地平线，西边的天空尚留有一抹深红，小城上空的炊烟早就幻化成片片云彩，众多的房舍随着河岸起伏绵延在河的两岸，几盏高杆路灯已发出不是特别明亮的灯光，街道尽头多藏在一片暮色之中。

饭后，我独自坐在凉台上，看着房前的河面，不经意间有几许氤氲的水汽轻轻弥漫。当微微抬起头时，就感觉空气似乎正从温热中逐渐下沉，变得有些重，并慢慢地拥有了漫无边际的形状。这时，河对面的院落里，有几个穿蓝色碎花布衣的女人跨过家里的门槛，穿过窄窄的石级，走到河边清洗物什。她们既显得漫不经心，但也让你感到特别用心，依稀还能听到她们轻轻的吴语声音。哗哗、哗哗的声音在耳边响起，让我回想起家乡那相似的生活，偶有男主人清晰的漱口声传过来，越过江南风格的黛瓦白墙，越过明清时代的飞檐小巷，越过那波光粼粼的河面和发出婆娑声音的百年樟树，我就这么认真地听着，几多亲切啊，让人恍如回到儿时。抬头望去，借助还没有黑下去的天色，我还能看见对面屋顶上的青瓦残破了几块，露出少许灰白的檐顶，此时此刻，如果用心你就能触摸到一种沧桑和厚重。是啊！历史在这里停留了多少个百年，每处都是特定历史年轮所留下的印迹。

　　顺着这银白我能感受到已变得有些清凉的河水，那河面上不断升腾的薄霭，那薄霭上闪烁的灯光，和那灯光照映的千年古镇。你说，此物此景，你能心静如水吗？

　　不经意间，我走出宾馆，站到了桥旁。桥边有深绿色的樟树叶子，顺着枝干延向河边，间有碎光透过，脚下留有少许斑白。不远处，一石拱小桥自水上横卧，被斜挂的弯月照成了一只拉满弦的弓，横卧在河的两岸。一般说来，江南的小桥都有一些来历和传说，或为名人筑就，或为巨贾馈赠，或有百年传说，想细考它的名称，从中寻幽，却无从问起。细想来，又何必？我连这条河叫什么都不甚清楚，又何必在意这数不清的小桥名字？多少年有多少人在上面来回，他们都在意过吗？而作为过路人又如何能得以深究？我不知道，此时此刻，它是在乎所谓皎洁如洗的月色，还是那近如半世沧桑的目光，但我想，那都是有生命的、有感情的，此时的无声胜过几许叹息、几多赞美。桥后灰暗的房舍，一些墙面上爬满仍然茂密的藤蔓植物，我不知道是爬山虎，还是金银花，但我看见有光从那些叶面间淌过，留下点点闪烁，听见有风从那些枝叶上流过，留下滴滴细语。走近处，看到有几片枯瘦的叶正从藤上飘离，仿佛是流逝的时间和生命的轮回。我突然感怀很多，不容拒绝，终究不能握住，夜色覆没整个心田。

　　有车驶来，车灯打在树丛和墙壁上，留下短暂的灿烂，万物随光而动，仿佛一切逐欲而来，宁静迅即打破，我被拉长压短，犹若梦境，迷离而恍惚。小车转而远去，周边又回从前，夜色更为醇浓。

夜，深深地静了下来，静得能听到自己的心跳，静得能听到风滑过的声音。其实人经常需要这样，除去浮躁、融入本原、感悟自然，在平实中见大，于宁静中致远。

2007 年 10 月 22 日于江南某小镇

松竹梅集

第一次参加高考

1978 年，这是我个人印象中的第二次全国性高等学校招生统一考试。记得第一次是 1977 年底，好像是专门为往届毕业生办的，那时印象不太深刻，听说参加应试的人是 100 多人中录取一人，包括中专在内录取率大概是 1% 多一些。参加考试的人年龄大多在三十五岁左右，许多当父母的人埋头读书、考试，听说还有一些考生抱着孩子应试，想来也是让人感叹的。由于我是 1978 年才毕业，第一次考试的壮观情景和花絮也就知道得不多。

说实在的，1978 年夏季高考，我是在糊里糊涂中度过的。主要由于我们学到的知识普遍太少了。低到什么程度呢？大家也许不信，但我说几个事情大家就明白了，一是铁棒在硫酸铜溶液中的化学置换反应都没有学过，二是电学一周三节课学习完毕，三是有机化学、核物理学、立体几何都是在考试前几天老师讲了几节课，四是老师呢，绝大部分是下放的高中生。记得我的语文老师叫程遥，是一位女性，毕业于无锡师范学校，算是比较高的文凭了，也确实教得不错，后来听说这位老师回到南京工作了，现在怎么样啦，我们都不太清楚。

现在孩子考大学。父母是全程护驾，更有甚者干脆在考点附近宾馆住了下来。我们呢？是背上蚊帐、被子和考试用书、工具，坐船从横泾的小镇上，到一个叫司

徒 的地方统一参加考试，想来也够壮观的，一百多人坐上几个船，似乎还有些稚嫩的脸、花花绿绿的衣服行头，确实引来了许多目光，我们就这样在太阳的暴晒下，到了一个叫戴陈小庄的小学校里住了下来，吃的是集体伙食，睡的是几个吱吱作响的拼接的课桌，一切都有老师安排，父母好像是局外人。考试那三天，每天早上步行约三华里，摆渡过河就到了司徒当地的中学考试了。记得第一天考的是数学、政治，第二天是语文和化学，第三天是物理和外语。考完试后，又按照来时的相反路径回家。

细想起来，那三天的考试，好像一条小狗被人牵着走了几圈。虽然考试前也努力学习，但我们感到还是让人抱屈的，试想一下小学、初中没有学英语，到了高中说要学英语参加全国高考，这成吗？但我想，也不能错怪人，那时的大环境就由不得你去一门心思读书，那时的师资力量、教学条件、全社会对读书意义理解的都不在正常的层面上，我们无法、也不应该埋怨这一切。

考试成绩下来，我考了 297 分，为全校第三名，江苏省录取分数线是 305 分。另外有一个重要信息就是，全校 108 名同学全部被剃了光头，只有同我们一起参加考试的老师考取了扬州师范，走了两个。

我之所以要专门写上这一段文字：一是感到这个经历对我太深刻了，它深深地扎在我的记忆深处，容不得我去化解它；二是社会发展了，后来我也上了大学、读了研究生，出版了几本专业著作，被业内称为成本管理专家，但细想之，命运和机遇的确在推动着我们社会进步的同时，也在改变着我们个人的生命轨迹，我感谢社会进步给我们的机会；三是人要学会感恩，要理解自己的幸运和困惑，做一个不后悔的人，这才是最要紧的。

2007 年 9 月 15 日于北京总部

村后的芦苇荡

　　我是在家乡江苏高邮的一个农村长大的，虽然那时吃的是商品粮（按道理说，那时算是城里人），但随着我父亲的工作地方经常在几个村庄之间不停地搬家和生活。那里给我最深的印象是水特别多，到处是河，在过去一段时间内，基本代替了公路的作用，运输、取肥，日常生活全靠它了。但印象最深的还是与水密切相关的芦苇荡，它就在我当时所在村庄的后面，一条河隔着村庄和草荡子（芦苇荡，这是当地人的叫法，也叫荒田）。

　　芦苇荡，学名叫湿地，有人讲它最美的季节是秋天，漫天的花絮在天空中飞舞。但我还是喜欢春天。春天来时，水就慢慢地涨了起来，各种鸟也跟着多了。这时候，芦苇就从水面下不知不觉地伸出水面，颜色淡淡的。近看是绿，远看黄嫩，蒙蒙的，像有一层薄雾覆盖在水面上。天是蓝的、水是绿的，天蓝得没有一丝杂质，水绿得可见鱼在游走，看到螺蛳在蠕动。俯下身子，就看到自己稚嫩的小脸，在水面上轻轻地晃动着，还能看到一些岸边的农舍升起的炊烟倒映在河面上的影子。风好像怕打搅这安静的世界，显得特别小，只有远处几只小船在农人的船篙下（一种用大而长的竹竿做成的工具，主要是人将它插入河床上，反作用于船，继而推动船行，现在几乎看不到了），慢慢地向前走着，带来了水的波纹，刚探出头的芦尖，随着细细波纹摇动了几下，又复归如前，周围也安静了下来。我想这时候应该才是最美的，它美得让你不忍心去惊扰它。那时候，由于学识、阅历等原因，还不知道什么是静、净，只知道有让人常去的感觉。

那时的芦苇荡非常大而广阔，一眼看不到边，方圆达几十里，芦苇荡中河汊交错。从早春季节到初夏时节，我们时常进入芦苇荡去寻找可以果腹的野食，或用简单的工具捕一些小鱼、小虾回来。待农历五月以后，芦苇长到大半人高时，映入眼帘的，是极为壮观的绿色世界，没有经验的小孩子一旦进去，非常危险。也不知是真是假，传说经常有人坐船进去后，由于不熟悉水路无法返还，而饿死在芦苇荡里。所以一旦过了五月后，家里大人们就不让我们进去了，要去也要等到秋末，农民们将芦苇全部收割回家后，才被允许进去玩，或者抓一些小鸟或找一些鸟蛋，补充那时所缺乏的蛋白质。

芦苇是个好东西。端午节，许多中国人包粽子的粽叶大都取于它，但更多的是农民们以它为生活和生产原料，它可以辅以草绳，结成芦柴剥子（取音字，不知是否是此字），用于盖房或晾晒食物、衣物，也可以将其剖开做成矩形芦席，作用同上，有些经济条件差的人家还将其当草席使用。或送到造纸厂作为原料，最差也可以当燃料用。

据学者讲，湿地的美好除了美景和美物外，在自然界的自我循环和净化过程中还有不可或缺的作用，它号称地球之肾，对环境强大的净化作用，是不言而喻的，也是不能替代的。但我们以前对自然认识不足，对自然敬畏不够，需要的是先有教训后，才知道所以然。是的，但这美好很快就被我们的无知破坏了。记得我当兵、上大学后听人说，我们当地人利用三个冬闲季节，将所有的芦苇湿地开成鱼塘，当时被看作成了经验，说这是脱贫致富高招，现在看来却是失大于得。

今年春节年初一，我开车想去找一找儿时的感觉，结果却让我非常失望。那个曾经让我魂牵梦萦的地方，再也找不到了。虽然鱼塘不少，但每年都要干一次，没有水的河塘像一个挨过劫难的地方，到处是残缺、给人多是苍凉之感。细细找寻，在河边、塘边，还有几根残留的芦苇秆儿，让人依稀想到绿色的影子。我并不知道，把芦苇荡改成鱼塘后的收益情况，但我从家乡这么多年变化感觉到，它的作用并不如想象的大，但它的代价却是看不到过去的蓝天和绿水了。其实我们只要对大自然多尊重一些，少一些人为的破坏。就不会有那么多的疾病、自然灾害，那么多的人与人的隔阂。如果还要再说得直白一些的话，人与自然共生相处是最好的，也就是所谓的和谐吧。

我们的世界还会回来吗？我不禁要问！

2007 年 9 月 16 日于北京总部

补记：

近年来，我们老家根据南水北调东线的统一要求，许多鱼塘已在改造，逐渐在变回原来的湿地。对现有的湿地进行科学保护，并进行适度的旅游开发利用。我想这是一件好事，既提高了环境质量，又改善了农民就业机会，也增加了政府税收。其实，社会进步就是尊重自然、融入自然，并让自然丰富我们的生活，创造出更多的物质和精神财富。

松竹梅集

感悟中年

眼前又一个微风轻拂的傍晚，初秋的街道上少了许多人，在树影筛落的最后一片夕阳下，我走在小区园林的小路中。

散步时已经感到天气渐渐有点儿凉了，穿着短裤的我感到来自双腿的少许凉意。在喧哗的城市里待久了，便渴望找一方安静之地把自己身心抖落一下，也让自己暂时逃离世俗，过上一段单纯无邪的时光，而且这样的想法越来越强烈于内心深处。人到中年，曾经浮躁的心，得益于经历和时间的磨炼也静了不少。在经历了许多的拥有和放弃后，让我对于世间的许多事情有了深切的理解和感受。

秋日的天空总比其他时候显得蔚蓝和透明，雍容与大度是秋天特有的，而傍晚又增添了一种成熟的意境。尽管零零落落的黄叶飘着，但给人的是一种向往和踏实感！我喜欢在这样的时间，让自己收藏一份宁静存放心底，直到什么都看不见了，我仍然会对自己说："时间是属于我的，收获只能由自己品味！"

路边的桂树，随着徐徐清风散发出缕缕清香，沁人心脾。尽管秋日给人感觉冬天就在身后，但收获和成熟的韵味是其他季节所不能比拟的。这阵阵清香是桂树积累了几个季节的能量，更是证明了付出和收成之间的关系，自然界是如此，我想人类亦是如此。如果没有少年的苦读，青年时期的苦作，又怎么能有中年的平实和坦然呢？

不经意间自己已经进入了中年的行列，当人生旅程中给了我心灵一次几乎毁灭性的打击时，我真切地感到了平实、快乐的重要，明白了善待别人与善待自己的重要性，体会到生命的隆重与价值，明白了尊重和理解的真正内涵。

我以前怀疑到中年后的健康状况，总从父辈身上想自己中年后的身体境遇，害怕一到了这个年龄后，疾病和瘦弱代替坚强的身体。坚持了一段时间的锻炼后，身体仿佛又找回了二十多年前的感觉，用现在时尚的话讲，就是身体倍棒。是的，现在医疗和生活水准，是以前无法相比的，人们开始在生活中寻找健康的元素，我也从中知道了什么是中年和健康，以及它们之间的关系。

原本以为中年是件多么令人沮丧的一件事，可是我从玫瑰色的夕阳、累累的果实、阵阵清香中感受到了一种成熟和壮美，仿佛有一股新鲜的活力注入了生命中。经过了春生夏长，我们才能长大，人世间只有经历，才能认识；只有感悟，才能懂得。心中充满热爱和美好的追求，从现在开始，从明天开始，就可以做一个完全的自己。

望着静静月光下那摇曳的枝影，我心也静了许多，只有这时才能除去那些追名逐利的想法，除去那些不切实际浮华的心态，除去那些费尽心机的极端思维。当青春逝去时我就能怀着一种平静，当中年接近来临时也同样能怀着一种平和。失意不失志，得志不轻狂，虽然人生不是别人可以随时改变的，但千万不能让丑恶侵入自己心灵的殿堂。

好静好深的月夜，月光被心的海洋拉得好长、好浓，在那月光留恋的心岸上勾勒出一叶小舟的剪影，似乎看见了那光影里小舟上的人。我想那一叶是青春活力的我，那一定是生活里勇敢的弄潮儿。是的，人如果认识了自己，找到自己生命的转化方式、生命的价值就找到了自己的位置，让自己有了不败的人生之根源，有了澄澈与清亮思想的心中家园。

轻轻的脚步声中，我迎着月光，深深地思考着自己，心中升起无限感慨，青春不是时间、不是季节，不长在人的眼中，而只长在人的心中。只要有充满朝气与美好活力的心灵，人生可以从中年开始，可以在三十开始，也可以在四十开始……

只要追求，青春永在，此刻平静的心情一如这静静流淌着的月光，溢出丰满成熟的平和与幸福。

2007 年 10 月 13 日于北京住所

感悟秋天

今天是周末，难得睡了一次懒觉，睁开眼睛时，窗外的阳光已经洒满了整个杏黄色的窗帘，把屋子映得暖融融的。秋天对许多人来讲，都是与伤感、惆怅连在一起的，但今天窗帘所透过的缕缕阳光却给我带来了好心情。我起身来到阳台，顺手拉开白色的窗纱，阳光刹那间把我拥抱起来，平时难得一见的远处高楼与楼下小草，一下子就来到了我的眼前。绿的樟树、黄的银杏、红的枫叶都沐浴在金灿灿的阳光下，一切都赋予那么多的美感。

秋天时节，由于水气少本来就显得通透性好，加上昨夜的一场小雨洗涤，这几天来自北方的冷空气风力也较大，把飘浮在城市上空污浊的东西一扫而空，天地间特别清爽、干净和缤纷，天空比以往任何时候都蓝，蓝得那么深邃，让人生了许多向往，也少了些许烦躁，我不知本来就该是那样，还是自己心情所致。真的，对于大都市来讲，确是难得一见，我母亲常对我讲，以后退休了就回来住，你们那儿天都是灰的，衣服穿一天就脏了，而现在来看一切都在改变。

从窗外吹进来的风，带着一点点凉，反而让人感觉惬意，它轻轻地携着这秋天所特有的成熟味道从我心中飘过，这是其他季节不能比的。

秋天这种成熟所表现出的宁静、和谐，不需要人们去刻意雕饰，一切都只要本真就显得自然又恰到好处，自然得仿佛是一幅山水写意画，平静得宛如一卷工笔写意图，它以特有的笔墨优雅地展现出它的韵姿。我漫步在弥漫着秋天气息的小区里，俯首楼后的"人工湖"，小巧而平静，被绿色环抱的湖面静如一面镜子，倒映出岸上的绿树、黄苇和竹影。秋水的颜色较夏天有些深，一阵轻风拂过，泛起的层层涟漪，缓缓地向湖边扩散，但刚一触岸，就轻轻地消失了。围湖而立的垂柳，静静地栖水而居，树叶泛出淡淡的黄色，拖着长长的枝条摇曳在风中。河边的迎春花油绿苍劲，一些枝条深入水中，水线以上部分的深绿色的叶子随风轻轻摇动，一切显得那么自然。挺拔在路边右侧的那一排银杏树被秋风染成了杏黄色，满树的金片，在风中反着光亮，一阵疾风而过，那黄灿灿的叶片宛如一只只美丽的蝴蝶，划着优美的弧线向四处纷飞，抖动着远去。所有映在眼中的都是从容、成熟、丰满、斑斓。

我尽情地沐浴在秋阳里，阳光暖暖、柔柔地洒在身上，它不像春光那么短促，也不像夏日那么灼热，更不像冬阳那么吝啬，仿佛把我整个人的身心都包裹在温暖的怀抱中。正值深秋，残花枯草虽随处可见，然而落叶不再是落魄失意的代名词，替代秋愁和感伤的却是映入眼帘的那一幅幅悠然而恬淡的静美秋色、那挂满枝头的累累果实。夏日里的百花争艳，蝶舞纷飞已被秋虫呢喃、大雁南归替代，收获的金秋正迈着殷实的步子走进人们心里。昨日大地的青绿苍翠，人们的行色匆匆，必定要被那金黄色的壮美秋天所更替。这轮回的四季，亦如我们人生，它似乎提示人们，失去一个季节并不可怕，可怕的是我们不在每个季节里做出我们探求和准备。

过去几年，内心突然有了对人到中年的措手不及，为匆匆忙忙而来的人生之旅感到惶惑和焦虑。时常想，人生真是太快了，世上许多事都是经历的时候不懂得其中的美好，失去之后，方知它的珍贵。儿时，老师经常告诫懵懂的我们，少壮不努力，老大徒伤悲，那时候根本无暇体会，直到现在才理解这字字箴言。和父母在一起时，总嫌他们唠叨，管得太多，让人心烦，现在远离了他们，才懂得那份至纯至真的情怀。女儿小时，对她简单，缺乏关爱，盼着孩子快点儿长大，如今孩子已然长大，才真切感受渐渐远去的那些岁月真情是如此的宝贵，每每想之，怅然泪下。工作间余，也就慢慢地体会了父亲的坚持和隐忍、母亲的操劳和无奈，孩子的率真和诉求，妻子的帮衬和信赖。

　　我留恋春夏，敬畏严冬，但更珍爱秋天。秋天里遍地的缤纷彩叶，那是一种别样的美，踏在上面心情也会在不觉间变得有些沉重和伤感，但转眼之后就会被挂着树上的秋果、繁茂的枝节、壮实的树干，以及特有的秋天眷顾所带来的好心情而改变。是啊，这四季更替是王道，人生也亦然，如果我们在每个季节里做了该做的事，有了那份登高望远的意境、悟透人间冷暖的胸怀，又何必为这朗朗的秋天而徒增伤怀呢！

2007 年 10 月 5 日于上海家中

秋夜无眠

秋天的夜已经很深了，但今天却无法入眠，只得把自己身子斜靠在床上，床前的一杯淡茶早就凉了。

窗外的风夹带着不大不小的雨点，不停地击打着窗棂，发出含糊声音，让人心中有点儿发紧，我只得用手将断断续续翻看的《论语别裁》放在床头柜前，一丝无奈地望着透在窗户上的淡淡灯光！莫名地就发出了几声叹息。

也不知道从什么时间开始，我就有了这种状态，孤独成为我生活中重要部分，它改变了以前一直所拥有的充满期盼和充满激情的心境。于是乎，我就在新浪网站里开通了一个博客，取名为紫金山先生。希望在里面能够放飞自己的身心。

把自己全部放在虚拟的世界里，已不是我们这个年龄所做的事情，但一个人毫无目的去游览风景，做一个暂时的无牵无挂也不是自己本真。其实，孤独已久的我一直在寻觅一丝公平、一份友情。

用一种现实的态度调整自己的行为，或用一种所谓的理性束缚情感的宣泄；用虚假的语言来装扮自己的热情，或用空洞的笑声来遮掩自己的反感，这我做不到。是啊，年轮硬生生地碾过了四十多个年华，我已经没了凤凰涅槃的勇气和奢望，其实这里面更多的是固执和坚持。

有人问我，你整天写专业著作、博文，你想做什么呢？其实许多时候我也茫然，可能这是自己在回避一些什么的下意识吧。我常困惑这样一个问题，当工作很忙时，反而是精神和身体最好的时候，如果一旦事情少时，却浑身难受吃药。女儿说这是一种病态，她认为休闲才是人生本质的诉求，我不知道这是代沟问题，还是自身真有什么不足？或许本来就是劳碌的命吧！是的，工作时候那种欲望、烦恼、激情、喜悦，都是慰藉自己一种非常好的元素。

今夜的无眠，其实是昨天的继续，日夜交替，其实是自然界主动或被动地调节着万物生灵，仿佛都是周而复始，但每天又不一样。它让人感到时间的消逝，那生命年轮所滚过的隆隆声音；让人感觉到生命的追求，那种需要飞翔自己梦想的亢奋。而今天却需要静下心来，让自己聆听着秋雨打窗的肃然、秋风摧绿的紧迫，感受到自己萌生起欲与秋雨对话的心情。

秋天是天高云淡的季节，更是一个丰收的季节。当果实挂满枝头的时候，当田野的稻谷压弯了身子的时候，菊花就出现在许多人家的阳台上，人们可能不知道秋天的丰收，以及丰收背后的辛劳，却喜欢菊花在这个朗朗的秋色时所带给人们的恬静和愉悦。而我在思考每个收获背后所应该付出的勤奋和劳作。尽管秋雨潇潇，浸浊菊花的美丽和淡然，但我始终认为不管天怎么样、人们是否喜欢，要紧的是保持自己那份执着和超脱，就像这菊花一样，一到季节该开就开了，而且还装扮得格外鲜艳和醒目，或许这就是那么多言墨之人偏爱它的原因吧。

看来，雨不会停下了，它淅淅沥沥地、不紧不慢地滴着，反让我开不了窗子，放在窗台上的一盆菊花也拿不回来。也好，顺其自然吧，只要它有这种信心和精神，一夜凉雨不是更好验证它的品格吗。我走下床来，站在窗子前，看那点点秋雨、看那本来是黄得耀眼的菊花在秋雨的淫威下的精气神，倾听它无声的情愫，品味它如烟的往事，还有对明年生命的坚决。

今夜，风萧雨沥、秋色渐浓、一抹灯光、一颗无眠的心境，与窗外深深的夜色一起交融着，这是多么的难得啊！

2007 年 11 月 8 日于北京住所

四季荷塘

　　我的家乡在苏北里下河，那里是河的世界、水的王国，河水和湿地孕育了许许多多水塘。这数不清的水塘河面上有望不到边的荷叶、荷花、荷蓬，已成了水乡特有的一景，它娜娜多姿的身影装点着水乡泽国。

　　早春三月，还有些寒气的季节里，微风就带着丝丝潮气和清凉，更带着春天的气息，漫过那湿湿的水面和田埂时，人们就感受到了春天的脚步声。都说春来鸭先知，其实真正知道春天来到的是那些不知名的草儿，以及草下面那黑黑的土地。当你远远望去，田野上有轻纱薄雾般的淡淡绿色时，池塘边、河塘里，渐渐地有了一些嫩绿的小叶卷出现在水面下，慢慢地被暖暖的春风吹得舒展开来，成为小小圆盘，圆盘中间有一淡淡圈儿，我们那儿的人都称之荷叶芯。叶面深绿色，其反面却是浅浅的，是泛着蜡白色的绿，只有从荷梗和圆盘底向中间呈放射状的叶筋才与叶面颜色相近。对应下面是荷梗，荷梗上布满了小刺儿，这可能是植物自我保护的进化使然，因为荷叶在整个春、夏天，正是虫多的季节，小刺可能是防范虫子从水面爬到荷叶上来，从而影响其生长。

　　随着春天的日益盎然，圆盘也一圈圈地长大，纤细的青荷梗撑着这么一把小圆伞，那些后来从水下出来的荷叶也争先恐后地往上长，远远望去碧波连绵起伏，宛若被发酵过的春天，一下子就撑满了池塘。偶有清风拂过，碧梗摇摆，叶面与叶背随风上下翻动，犹如少女裙摆的舞动，交替着的深绿和浅绿，甚是养眼。如果你碰上雨天，那更是一番别样风景，眼前有一层雾气的东西升腾着，沙沙的声音轻轻地包裹着你，雨水跌落在叶面上，晃动着，逐渐呈水珠状，随着风起叶动，有的倾出盘外，有的则可爱地打一个圈，又伏在了微凹的盘心，真有"大珠小珠落玉盘"意境。圆盘一天天更加青翠，不知何时，那荷叶间现出了第一点粉红或雪白，在万绿丛中格外显眼，随后又有了一点、两点、三点……红的、绿的、灰的、黄的，甚至还有黑的蜻蜓，在这无边的世界里不停地飞舞着、站立着，真是应了"小荷才露尖尖角，早有蜻蜓立上头"这句词（有人讲这句诗与爱情有关，但我把它用在这里，是想描写它特有的韵味）。那红的、白的小荷苞，缀在更加纤细的荷梗上，努力钻出密密层层的荷叶，去承接更多的雨露、阳光。满眼星罗棋布的小荷，有的打着小尖，有的鼓着小肚皮，就似马上要胀开一般；有的却已张开了小嘴，噙着一股清香；更多的则是展开娇嫩的花瓣，怒放着。

六月，莲叶虽葱茏，却也是无穷之碧；池塘中，映日荷花别样红。走到近处，透过密密的荷叶，就能看到青蛙伏在荷叶下，更多的是小青蛙，虽然还没有披上花绿色翠衣，却在荷叶间不停跳跃，即使跌落水里，也会迅速跳上来，塘底依稀能够看到螃蟹和小鱼在水中游动。知鸟声中、杨柳枝下，荷花娇艳地绽放着，当遍地花儿开至极盛时，荷蓬就出现在人们眼前。

过了盛夏，荷瓣谢去了，又到了采莲季节。通常在太阳西斜后，一条条小船，甚至还有大的洗澡盆，轻轻滑入水中，姑娘们伸出藕一般的胳膊，轻轻地把藕蓬摘下来，一会儿，船舱里就有了绿色的小堆。太阳落山前，通常是农人们吃晚茶的时候（那时候的晚茶也称二顿子，就是把中午的米饭加水重新烧开，吃一些中午剩下的菜，其真正的作用只能解饿，断没有现在晚茶的意义，农民在那时候的夏天，通常要干活 12 小时以上，我印象中从早上天亮开始，一直要到天黑以后，加上油水少，一日三餐是挺不住的，所以就在午饭与晚饭之间加上一餐），我们这些小孩子就会花上二分钱买上一个，捋下莲蓬，掏出一个个裹着青衣的嫩莲子，直接放到嘴里，顿时一股清香沁入心肺，那真是绿色食品啊！试想之，那时没有化肥、农药的，即使有，也不会奢华到用在它上面。莲这个东西生命就是强大，害虫不能奈何它、天气不能奈何它，生命的全部就是依靠自己的力量。莲心色泛绿，味微苦，而苦后带有一股淡淡的甜和清香，这是其他食物所没有的。20 世纪 70 年代前后，农村生活水平低，如果在一个夏天里，能够时常吃到它，确也是一件奢侈的事情，那时我们年龄小，胆子亦小，即使馋得掉口水，也不敢冒着危险偷采，但也有胆大的家伙，他们的口福就会比我们多得多，理所当然成为我们当中英雄。慢慢地随着年长了，也就能逐渐体会人们对莲本身以外的一种期盼和赞美。是的，莲的一贯风格……雅！莲子亦绿如衣、亦清如水、亦香如云，只是没有感受到那种"莲动下渔舟"的氛围，也不能说是一种遗憾了。

一场秋雨过后，让人顿感秋意。

猛然间，梧桐树叶已纷纷落黄了，枝尖挑着枯叶在风中颤抖，最后飘落在荷塘里，荷叶已呈灰褐色，叶面弯曲着，身子像过去传声机的喇叭状，斜对着水面，只有荷梗还是带刺儿挺立着。几场寒霜过后，荷叶已是残破不堪，显得有些衰败；热闹的池塘，已呈冷清，蜻蜓不见了，蝴蝶飞走了，昔日的一片蛙声也已被秋风带走，收割后的行行稻茬更添秋意，这时的荷塘水面，特别是靠近边岸的地方浮萍堆积，那可是一抹最后的绿色了。有时候在放学的路上，我们偶尔停下来，望一望春夏留下的痕迹。当然，池塘水面上的干梗黄叶虽然枯萎、衰败，但深深扎入泥中的荷藕却已经逐渐长成，让人虽无"留着残荷夜听雨"的雅趣，却有着即将收获莲藕的喜悦！

冬，紧接在秋后。凛冽的北风吹过时，荷塘水面上漂浮着荷叶和其他已经败色的植物，当你在早上走过时，还能看到它上面一层白色的霜晶，冰就浮在水上，泛出白色的部分是冬季水位下降后阳光折射的结果。如果此时碰上一场大雪的话，那眼前的世界会显得更加肃穆、萧瑟和静谧，周围没有一丝声音，我不知道这是收获前的崇敬之情，还是对冬天的敬畏。但我需要告诉你的是，这里没有一干二净，更不会一无所有，若要以为它已是死水一潭了，那就大错特错了。君不见，那冰凉的水下已经充满的丰收、那悄悄地孕育着春天新芽的蓬勃；君不见，多少文人墨客，为它出淤泥而不染的精神所敬仰，而发出的赞誉和歌颂！

其实，春，紧接在冬后，这里又将是一个荷塘春天的开始。

2007 年 12 月 6 日于北京住所

鹏城春早

都说南国春来早，二月的鹏城已有浓浓的春天气息了，阳光暖暖的，空气湿湿的，许多时尚的年轻人已经迫不及待地去掉了冬装，走在大街小巷上更加显得年轻和活力，把这年轻的城市打扮得更加年轻。走在阳光下，微风轻轻徘徊在你的周围，空中飘荡着时有时无的青草味道，这是春天的味道吗，或者说春天真的来了吗？

在许多人的想象中，春天应该没有心事，一切都生机盎然，充满希望和激情，即使让人身子微软，也是希冀你留下注目的眼神。此时的天地，仿佛一切都在跳跃旋舞，像那五线谱上的音符，又像花枝上朵朵摇动的苞蕾，更似老树根处黄绿色的嫩芽。其实，春天就是刚刚苏醒的土地，只要你撒下一粒种子，就会赋予它积极的生命；春天也是一首轻快歌曲，它从姑娘们身边袅袅响起，又向远方洁白的云朵慢慢地飘去。关于春天的想象，曾被我无数次思考，年轻时候总是把它与阳光、鲜花联系在一起，赋予它积极的东西；三十多岁时，感觉春天就是春天，与其他三个季节没有什么悬殊，体会不到其中奥妙，像喝着一杯白开水；现在四十多岁了，当回过头来，再一次领略春天的时候，发现它已与久久熨烫在心间的感受完全不同了。

我来到深圳时间不长，此时满眼绿色与北方还是一派肃杀景况相比，的确让人感受到鲜明对比。站在碧绿面前，我想起了认识的一位智者，一次闲聊中他说："生活在北方的人已经习惯了四季分明的轮回，如果把他们一下子放到南方，就会产生绿障。"当时我不能体会"绿障"的真实感受，但当我在北京工作了两年多，又来到祖国最南方的时候，再面对深圳海湾对面香港那朦胧的景象，我才对什么是"绿障"有了真切的了解和感受。什么是"绿障"，其实就是习惯，这股强大力量，可以改变人对世界的认识，并由此产生对自然新的审视。它来自你的眼眸，来自于你的指尖，春天的气息亦如你的气息，这便是每个人对春天的理解。

按理说，我也待过不少地方，从南京、上海到北京，每个城市对我来讲，还是清楚的，它的气候、文化、风俗与人情，但如果简单地用在深圳这个年轻的城市上，一切都不适用了。它没有北京的淡定、没有上海的雍容，也没有南京的底蕴，但它所拥有的东西，却是其他城市所没有的，比如四季如春，比如年轻活力，等等，这些的确让许多人为之向往的。试想，在这样的一个移民城市里工作，没有各种方言的障碍、没有太多讲究的距离、更没有人为等级区分，给人带来的感觉一切都是新的。

是啊，春天在哪里？它既在山上、溪间、花边、路旁，更在年轻人热烈的身躯上、中年人的一壶热茶中、老人长久的凝视间。那时，一个微笑、一次凝望、一声脚步、一次回眸，都将春天理解得那么深远。

2008 年 2 月 22 日于深圳住所

浅论扬州文化

扬州，长江下游的北岸，它那份淡定和悠远的韵味，经常唤起我的梦想。我曾经与孩子说过，将来退休回来就在扬州买上一套房子，安度晚年，让我与个园、古运河做个伴。

人们印象中的早春，都与江南雨丝、西湖柳叶联系起来，更想起三月江南水，那份轻柔和浪漫，在白居易笔下的是"日出江花红胜火，春来江水绿如蓝"，感叹的是"能不忆江南"。

扬州历史上属于非常重要的都城，地位相当于今天的上海，起于隋朝，盛于唐朝，只不过经历多次战乱和屠城，加上海岸线日渐东移，地位逐渐被上海替代。但一如既往是那柳如刀、絮如云，村姑如水、依依了，静静然，却不是那三月江南水一句话能说得过去的。

古城扬州人才辈出，才子佳人美丽缠绵的传说之外，更有让人屏息凝神的历史风云……

隋朝皇帝杨广，争得帝位的前因后果我们不需讨论，试想想，历史上又有几个皇帝大位是名正言顺而得的呢？但他举国家之力开通京杭大运河，又为三月丝雨、琼花而多次下扬州，甚至不思帝位，就连自己头颅都顾不上爱惜，最后丢掉了江山，好事办成坏事。后人一句盖棺定论的谥评，到现在都没有翻身，聪明人办了糊涂事，让人扼腕。

唐朝鉴真和尚从扬州起程东渡扶桑，传递佛释文化，成就日本千余年风华，后武则天称帝，天下大乱，扬州刺史奋而举事，苦战两月余方败，遭屠城。

宋末岳飞在扬州与高邮之间摆阵与金兀术大战多少回合，至今有许多地名都与此相关，如一沟、二沟、三垛、营南、卸甲、马棚等。城池作为城堡抵挡金兵多年，破城后遭屠城。

清兵入关，史可法于扬州拒之，清兵破城后屠城。后乾隆皇帝六下江南，扬州作为重要驿站，时下的西园饭店就在行宫遗址上建成，留下了风流皇帝许多足迹。

近代扬州八怪成文坛一景，许多怪癖，成就文人许多佳话和传说。

历史许多传说都付诸一缕烟云，而园林官邸或遗址却能够直面后人，给我影响最深的还是扬州个园，虽然个园的规模和精细不能相比于皇家园林，但我更倾心于江南私家园林那份雅致和人性与趣味的表达。

皇家园林，王者气派。园林的建立，整个设计蓝图都是经过专家呕心沥血苦心经营，朝廷命官多番讨论层层上奏，工匠能人诚惶诚恐全力以赴。私家园林，资源上不可能与皇家园林媲美。然而，主人的个性趣味，成就园林独特的个性品格，通过具有独特个性审美的呈现，却更让人浮想联翩，让人喜爱。

园林的布置与改造，在于明性、励志，也是无言的告白和无言的宣泄。主人巧妙地把自己的人生理想、审美情趣展露出来。大至池水乱石与假山的布局，小至盆栽的种植牌匾的书法，都是生动的语言。

以扬州城里的盐商黄至筠私人宅园为例，园林以竹为主题，注入浓郁的中国传统。主人爱竹的节气，也爱竹虚怀若谷。"月映竹成千个字"，于是园林就称为"个园"。

个园中西合璧，对西式玻璃镜子、睡床、壁炉等的依恋，则让人看到了晚清的洋务运动，社会上的西风东渐。

托福于古运河，扬州很早就是交通枢纽与商业重镇，园林多为当年盐商与官人酬酢交往的场所，一定程度上展现官商的奢华作风及商人附庸风雅的姿态。换个角度看，富裕的盐商愿意把金钱花在建筑园林，构成一种文化、一种生活情趣，这说明江南很早就已经从声色犬马、糜烂俗气的物质生活中抽身脱身，晋升一个文化消费、精神享受的时代，这何尝不是一件很有意思的事情？

有人说《红楼梦》是纪实小说，特别是扬州的人。

年三十，我与家人到古运河边，想看看历史留下的东西，却未能如愿，只有现代人仿造的桥廊、孤灯和几株海棠花树，依稀留着古韵。

西园附近就是传说乾隆六下江南的地方，御码头留下帝王足迹，不足为奇。林黛玉是小说人物，怎么也会"显灵"？

原先以为电视剧《红楼梦》许多场景是利用当地园林实地拍摄，后来才知道电视剧《红楼梦》的场景是在上海朱家角附近一个地方建设而成。接触下来，许多扬州人都相信《红楼梦》是一部纪实体小说。曹雪芹的祖父曹寅兼理两淮盐政时，四度迎驾康熙南巡。既然康熙与曹寅都是真实人物，林黛玉的存在几乎不容争辩。

园林漫步，不禁想起园林设计的种种学问。借景是主要艺术原则，园主将不属于本园的风景通过手段组合到眼前的画面之中，以增添园景的进深和层次。

园林借景通常以透的形式，经过一个中间环节，可以是门窗、柱子栏杆、假山之洞口，这些因素成了画框，对风景重新组织和整理。远借是远方山水，把景色融入，成就自己独特回想和审美情趣。近借身边树木、花草、亭台、宝塔，可以放下疲惫、心灵与熏上铜臭的外套。江南园林多有竹相伴、以太湖石显趣，个园也不例外，虽由人作，宛若天开。

有人云："见山是山，见水是水，是第一境界；见山不是山，见水不是水，是第二境界；见山还是山，见水还是水，那是第三境界。"我在思索，我的境界又是第几？看来只有问上苍了。

2008 年 6 月 16 日于扬州某宾馆

淡美的秋天

"曾经在幽幽暗暗反反复复中追问，才知道平平淡淡从从容容才是真"，轻轻的音乐，淡淡的思绪，宛如时空隧道，让人常常回想过去的经历，那些激情、沮丧、冲动、理性，都是那样的美丽。蓦然回首，经过记忆过滤后留下的东西，不禁让人感叹：人生最美是初秋。

人生四季，就像风剪出嫩绿的柳叶摇曳的清影，闻到滚滚稻浪灌浆时飘来的花香，看到金黄色落叶带来成熟的唯美，听万物俱寂时雪花落地的声音，只有真真切切地体会到，才能说品味到了人生四季的万千气象，也才能走出自己的惆怅和焦虑。

初秋周末的午后，偶尔斜靠在躺椅上，泡一杯芬芳四溢的香茗，清香随即沁入心肺，那一刻，确是一件很惬意的事情。许多时候，感动来自无法诉说的平淡。感受一杯茶带来的一声淡笑、一个心动、一阵蝉鸣，以及许多的现在与从前……

淡淡的一笑，所有的一切了然，过去的纷争与苦闷，成功与失败，得意与委屈都得以归零，心情在这一刻有无法说出的平和，没有掺杂一丝的烦恼和欢乐，静静地享受一杯茶所给予的从容。

初秋小区里虽然还有些热，但更让人透过远空一抹玫瑰红色，去回忆往事，我想只要在该努力时没有选择放弃，该紧迫时没有选择散漫，该担当时没有选择回避，即使时光流走，慢慢地消失了秋月春华，然，窗外淡蓝的天空，缥缈的流云，也会带来缕缕清风，让人有一种无法言说的快感。记忆中那些值得留恋和回味的事情，虽已尘封，但每次掀开，都有来自心灵深处对自己的感动。细细地品味曾经的美好时光，让心声成为一条长长的心路之河，一直流向思想的远方。

其实，幸福的人生，就是对每一段生活的执着坚守！曾经的壮美和简约，都是生命本色，现在需要的就是在壮实的初秋里，有那种蓦然回首后顿悟和一笑置之的淡然！

随着年龄增长，慢慢地对人生有所感悟，人生之河里，个体只不过是溪水中的一片落英而已，很多的得到和失去，在静静地自我追问下，都随着流水缓缓而去。只有远方的呼唤和林间小鸟的翠鸣声，又会让自己平实的心中装上了翅膀，飞上了竹林上空。

春风已经远去，夏天的脚步声也渐渐走远，但夏日留下的暑气尚有少许，知了还在坚持着。这种坚守本身就富有意义，它在思念春天带给世界的勃发和冲动，想念夏日所给予万物的生长和昂扬，即使处在夏秋两个季节之交，怀念也是让人感动和幸福。其实，秋季并不会让所有的人感到惊恐和忧伤，否则我们无法理解天空的蔚蓝、胡杨的金黄、河水的清透、庄稼地的充盈与壮美、中年人的睿智与稳健，即使冬天，那冰雾霜雪也有别样的美丽。

转眼菊花就要开了、大雁也将要南飞了，仿佛一切都按照自身的规律旋转，虽然是周而复始，但每次总有让人惊喜之处。是啊！就像人生四季，每一段都有得意、美妙和回味之处，重要的是我们要走得从容、走得富有意义，即使过程中有少许闪失，只要善于坚守，以后一定会有机会纠正、调整，天生万物必有用，秋天和冬天永远不是可放弃和悲切的季节……

文字在手指间淡淡地倾诉，思想随竹影静静地移动，过去的一切都归于平淡，未来还要在坚实的脚步下，走向思想的远方，留下对自我和普世的思考。

2008 年 9 月 24 日于深圳住所

松竹梅集

174

享受孤独

　　孤独是人生经历中常有的一种感觉，孤独是什么？是一种感觉，或是一种情绪……要我说，孤独其实是一种心境；整天为世间的得失忙忙碌碌的人，根本不会体验到人生还会有一种东西叫孤独；沉湎于浮躁和焦虑中的人，是无法体会到孤独所拥有的那独特的滋味。只有特有的平和与心静时刻，才能体会到那孤独带给你的一种心境。拥有了孤独的人，才能拥有真正的自我。灵感在孤独中产生，创造在孤独中萌发，思想在孤独中闪烁。有了孤独，才会有一些意想不到的收获。

　　我不是一个性格孤僻的人，甚至说，我还是挺开朗、活泼的一个人。但是，我有我的另一面，那就是喜欢安静。这或许就是人类学中所说的"性格反差"吧。我一直认为孤独是一乐趣，一种不同于朋友们在一起谈笑的乐趣，一种无法解释清楚的乐趣。当孤独的时候，你可以随心所欲，你不必去顾虑他人的眼神。这样的一份自在，足以令身心彻底的放松。而感受到这份自在，便已是孤独中的一大乐趣。

　　很多时候，我喜欢孤独，喜欢孤独的感觉，喜欢在孤独中独自享受。当孤独来临的时候，我总是会用我自己的方式去迎接它。冲一杯淡淡的龙井茶，细细地品味自己的心境，缓缓地敲打着自己心底的那份淡淡的思念；看看月色，欣赏那诗境中的圆月，皎洁的月光如轻纱般笼罩我周围的一切，灵魂被月光洗礼。我沉醉，沉醉在这没有干扰的回忆中。只是这样静静的夜晚，时间过得飞逝。我的生活需要这样的一种宁静，在那份宁静的孤独中，不必为生活中的尔虞我诈而烦恼，不再为日常生活中的压抑而苦闷，让心情在此刻拥有一份独特的享受。

孤独，有时候更像一杯水，没有杂质、没有污染，是一种清静幽雅的美。当沉浸于孤独中的时候，没有了喧闹的杂乱，没有人打扰我的思绪，也不会因冲动而留下遗憾和后悔；沉浸在孤独中，能让我平和、让我冷静、让我思考、让我稳重、给我思考、让我有着一种超越世俗的感觉，让我聆听自己的心语，让我感受这不易察觉的美。

孤独的时间也是珍贵的，孤独的方式是各种各样的，体会孤独也是因人而异的，体会快乐的孤独感觉是被动的，是需要你去争取、去领悟。懂得领悟孤独的人，就会体味人生中孤独所拥有的独特景致。

孤独的最高境界莫过于在孤独中创造，多一份孤独的快乐；一份无为的浪费，让生命的每一分、每一秒不至虚度。在孤独中拥有了自己的一切，你就会觉得你一点儿也不孤独，于是你就会明白，能够真正拥有孤独的人是世界上最幸福的人。

其实，人在孤独的时候，总是在怀念过去和品味曾经中，想起曾经的故事，心情也就随之降到了冰点，悲伤的，是挥不去的记忆，感伤的，也是一腔浓浓的情怀！孤独的人可以寻找到自己最初想要的本真；可以感受到自己坚强的信仰；也可以感受到人生的悲喜与无奈。

让你的心灵小憩时有一片孤独小舟，从而可以享受片刻宁静，品味一次孤独。这是你的空间，是属于你的一个独有的空间。你可以在那里找回很多久违的感受，也可以在那里找到你心灵的出发点，找回你生命中最想要的东西。

所以，我从不拒绝孤独，当孤独来临时，我会融入于我的生命，融入于它给我带来的淡淡温情中。此时，此地，灵魂在渐渐地净化，思想在走向升华。

孤独的乐趣，也并非人人都能享受，人人都会懂得享受；这能力是受于先天，或是靠后天慢慢习得的；孤独能让一个人脆弱，也能让人更加坚强，它可以毁灭一个人，也可以造就一个人。有的人尽管天赋极高，才华横溢，却不能面对孤独，面对孤独的生活。因此，他只能在空虚中逐渐消沉，在寂寞中走向死亡。耐得住寂寞的人，他们把孤独当作一种心境、一种挑战。

于是，在人海沉浮之际，我要为自己留一段空白，就像一幅中国写意画，给自己留一段云淡风轻的角落。如果有一天，有人问起我，孤独是什么？我会很认真、很用心地告诉他：其实孤独是一种享受，更是一种绝美的心境。

2008 年 10 月 19 日于深圳住所

记忆中的 "双抢日子"

20 世纪 70 年代，农村还是比较繁忙的，我印象中（不一定准确）那时刚刚完成"沤改旱"时间不长，在农村种植模式改变之前，由于机械化和种植技术不高，每年只种植一季稻子，田地一年四季都有水泡着，当地人称为沤田（水田的意思）。那时亩产量比较低，大约 500 斤。后来农村广泛推进"沤改旱"，所谓的"沤改旱"就是将一年四季的水田，改成一季稻子和一季麦子，冬天就将其改为旱地，这样的话农田就能多贡献一季粮食，农民收入就相对多了一些。

想起并不遥远的从前，每年的五六月份，正是农村最繁忙的"双抢"时节，既要抢播晚稻，更要抢收麦子，时令不等人，连天的阴雨或几天的大太阳，可能对收成造成较大影响。当地农民在那段时间内，没日没夜地操忙，每天天刚蒙蒙亮，大人们就急急忙忙地来到田间开始收割或插秧，因为中午太热，所以早上一定要早一点儿出来。大人们来喊我们时，也是我们睡得最沉的时候，他们前脚刚走，我们又会沉睡过去，往往要喊几次，甚至要直接将我们从床上拉起来才行。毕竟白天劳累了一天，有时还要开夜工，蚊虫又特多，晚上的火油灯枯黄地亮着，躺在闷热的蚊帐里，手里捏把蒲扇不停地摇，汗水仍会湿透身下烫人的草席，早上起床时，身下留有人形的汗渍，那时还是觉得睡得不够。

收麦子通常是在芒种节气前后，以收小麦为主。等到几天热风吹过，听到麦田几声成熟的叭叭声时，人们就开始开镰了，那是很辛苦的几天，男女老幼顺着墒沟方向一把镰刀，弓着腰，拼命地往前走，后面留下一排排已经放倒的麦子。过一段时间，有人就赶来将麦子捆好，两头用扁担穿上，挑上肩膀往打谷场走去，晚上有人将麦子再铺散在地上，用牛拖着"石滚子"（将石头打成圆柱形，两头中间穿上木柄，用绳子将木柄与架在牛身子的木架连上，用牛拉着它不断地碾压麦子，把麦子压下来）来回碾压大约一个小时，女人们就用叉子将掉下的麦子与麦秆分离，挑开麦秆后，用竹扫帚将麦子收拢、转装，再放一层尚未碾压的麦子，老牛与人一样继续重复着相同的过程，那几天不知是人与牛一样辛苦，还是牛与人一样辛苦，总之是没有白天与黑夜。

最怕的是白天在水泥场上晒谷子，你光着脚板根本就站不住．而且天越热晒的效果也越好，越要不停地翻动．有时一阵乌云翻滚上来，天际隐隐传来雷声，队长一声喊，一拨人急奔晒场抢收谷子．实在来不及时，就将谷子堆成堆，用尼龙布蒙住，等天气好时再晒。好在雷阵雨都很爽气，下过就晴。有时一边下雨一边还出着太阳呢。真是"东边日出西边雨"，只不过没有"道是无晴却有晴"，这时候我们一般是跑到田埂上找雨衣，除非遇到暴雨，我们才会在桑树底下躲一阵，一般情况是不会停工的。

收了麦子后，紧跟着就是插秧的时节了，所以叫双抢，其实就是抢收麦子与抢栽稻子，抢栽稻子一直到现在还叫插秧，插秧首先在平整好的水田里按南北纵向插秧线，插秧线宽 1～1.2 米，以人左右兼顾为准，插秧时每人站一格，在前日已平好的水田里弓着腰、面对着水田，头稍抬着后退进行，面前留下几行绿油油的稻秧，也留下对秋天的希望。这种活通常以女人们为多，她们晚上回家还要做家务，插秧看似简单，其实是很累人的活，你想想，整天弓着腰、赤着脚、顶着烈日、忍着被晒热了水汽的蒸烤，一边抬着头，一边两只手还要不停地分秧和插秧。插得晚了会影响产量，也会影响下一熟冬季作物的播种，所以要"抢"的。到了后一阶段，因连续疲劳作战，我们这些小子战斗力大为下降．大人们就鼓励我们好好干，"双抢"结束后带我们去下馆子。所谓"下馆子"就是带我们去吃几分钱一碗的阳春面或馄饨，那待遇就相当于现在去饭店吃烤鸭或海鲜了。多日的操忙，让许多女人的手指和脚丫被水泡烂了，涂满了红药水、蓝药水。稻秧刚插下去几天微微变黄，但过了一周左右后，就会站直了身子，变得更加绿了，远远望去一片淡绿色，煞是好看。

现在回家再也看不到有人在插秧了，现在的机器一天的效率超过几十人，正是有了机械化，把许多人从田地里解放出来，进城务工，这既增加了农民收入，也给制造业、建筑业增加了劳动力，极大地推动了城市发展和我国现代化进程。那种"双抢"的日子也逐渐成了一种记忆，但它让我们知道中国人的勤劳精神，明白了经济发展一般规律，其实世界就是这样，没有过去的辛劳，就不会有后辈的幸福。

2008 年 12 月 12 日于深圳住所

家乡清明节感怀

清明即将来临，带着微微的细雨。一切都充满了春天的气息；不管是树木、小草，还是遍地的野花。远处的淡绿色，近处的炊烟，随处可见。

在这接近黄昏的时刻，万物复苏，泥土飘出生的气息。这是怀念的季节，今天是缅怀先人的日子。

遥远的过去是无法触摸的，只能想象或猜测他们生活的年代，可能性和不可能性在这里变得扑朔迷离。从这个意义上说，我们与先人之间在本质上并没有什么大的区别，只不过在时间这条数轴线上，我们所处的位置不同而已（当然依目前科技水平，也没有负时间的概念）。在爱恨情仇的染缸里、在酸甜苦辣的味觉中，大家都不可避免地充当承受者的角色。

远处的田野青烟缭绕，我沉默不语，心含虔诚，我想念祖父、祖母和父亲，以及许许多多已逝的亲友。

脚下泥土，清香许许，嫩绿淡远。这里诞生的一草一木，孕育着我的祖祖辈辈，如今都已远去；我想可能这就是所说的"人生一世，草木一秋"吧。

一年365天，大多时候因为生存而忙碌，就算抛开名利，但活着却离不开吃穿二字，我已开始做这片故土的过客，在熙熙攘攘的尘世里浮沉，到处寻觅生活和精神的影子，一眼如果能够看到未来，其实大家都差不多。

缅怀抑或怀念就像一阵风，也像一场潮湿的雨季，在缅怀中我自私地拉开思念的引子，填补苍白空虚的亲情世界，能否享受到心灵的寄托，在这个显性的世界里，一切都是未知数，只能尽力捕捉而已。

古人不见今时月，今月曾经照古人；温情脉脉也满腹惆怅，这是生命无法突破的极限。月亮拉近了古人与今人的距离，月亮在这里，不圆是伤怀，但小弯亦是情怀。

我怀念逝去的亲人，在这里，在这个特殊的时刻；若干年后，我们也一样会仙去，到时候，有谁会想起我和我曾经的过去，是我女儿，亲友？这个世界上我留下什么痕迹，我们无法与伟人相比，但也肯定不是大奸大盗之人，但如果因四部专业书著的话，也无法让自己释怀，这是一种虚无的想法，充满着无限的不可知的可能性。世间的你争我夺，总会瓜熟蒂落，其实清闲是不死门风，荣华富贵皆为云烟，宿命是谁都离不开的那一抔黄土，这是既定的答案，谁也无法超脱。

从这个意义上讲，遥远的过去又是能够触摸的，我只想留下活过的痕迹。天空没有翅膀的影子，可我已飞过，足矣！

温情的天边是淡定从容的云朵，幽幽的远处，没有这些坟墓就不会有我，这是生命的连接，没有伤感可言，一切皆是自然。

思想中仿佛一切都能够触摸，无论是逝去的昨日，还是未来的明天。这时候，天边升起了一轮淡淡的弯月，我仿佛看到了昨天、今天和明天！

2009 年 4 月 1 日于江苏高邮

三月小雨

三月下旬，我抽空回老家一趟，当晚住在高邮城边的一个宾馆里。

早晨醒来，刚推开窗子，一股带着凉意的气息就迎面而来，不由得打了个寒战，这才看见天空中飘扬着如雾如丝的蒙蒙细雨，空气略带青草味，显得格外新鲜。楼下的垂柳刚被风剪出叶苞，远远看去，有一抹绿意，远看似有，近看却无，枝条沐雨临风，轻摇曼舞。

"好雨知时节，当春乃发生，随风潜入夜，润物细无声。"都说春雨贵如油，今年的春雨可真的应验了这句话，这场清纯、娇嫩、温馨的春雨可真的比油还金贵了，它似乎有些惬意地浸润着大地，给大地的初春增添了一片生机和绿意，让人感受生命的饱满和平实，心中有一种说不出的感慨。于是泡上一杯清香的龙井，放上一曲茉莉花音乐，让室内悠扬的曲调与春雨的"沙沙"声融汇在一起，自己则静静地坐在那里，一边品味着茶的清香，一边用心体味着天籁与美妙乐曲融合的快慰和怡然，这大概就是"天人合一"的美妙吧！

春丝从天上轻柔地飘下，不由得让人陶醉于如诗如画的烟雨朦胧之中，在雨的世界里，尘嚣远去，俗事暗淡，心清梦静，物我两忘。每当一个人站在高处往远方眺望或是往下方俯瞰，看春雨化作天地间的一道帘幕，确实更能让人体会或理解什么是天地合一。

淅沥的春雨滋润了这广袤的里下河平原，滋润了人们希望、滋润了人们的心田；让人感到格外的神清气爽，让这嘈杂纷扰的世界变得格外安静。

春雨滴落的声音，与听花落地的感受是不一样的，后者让人平添许多伤感，而前者却让人感受的是一种情怀和享受。喜欢春雨的最高境界莫过于听雨了，听雨可以听出属于自己曾经干净的世界，听出自己的惆怅低迷，也能听到自己平和、安静的心跳声，从这个意义上说，听雨实际上是在倾听自己的心声。如果说“春眠不觉晓，处处闻啼鸟，夜来风雨声，花落知多少”这首诗把听雨的境界写得酣畅淋漓的话，那么，“竹坞无尘水槛清，相思迢递隔重城。秋阴不散霜飞晚，留得枯荷听雨声”这首诗把雨写得更是淋漓尽致出神入化了，好在是一首诗写春雨，一首诗写秋雨，但让我叹服的是，诗人竟然能把水的美丽通过雨飘落的过程让人感悟到大自然的艺术之美，真的是神来之笔啊！正因为春雨有一种神奇，它能弥漫成一种情调，营造出一种独自的氛围，铭刻成一种记忆，滋润成一种感动，所以，当我们倚窗凭栏，静观雨线、静听雨声时才真正感觉到每场春雨其实都是一首动人的诗，难怪从古到今有那么多人喜欢听雨：聆听雨滴洒落到树上的“沙沙”声，聆听那晶莹的水珠从树枝上滑落到地上的滴答声，聆听花草接收雨滴的嗞嗞声，聆听美妙动听的雨声中又传来一阵悠扬的笛声。这时候只需要一个人静静地品味，一个人静静地感悟，一个人静静地思索，才会感悟到：细雨如丝，心境如水，娇嫩迷人的春雨，它带着柔顺细长的雨丝，轻轻地来，无私地滋润着脚下这片大地，传递的是春的喜讯，轻轻唤醒沉睡的万物，那是春雨对大自然的倾诉和依恋，蕴含着这世界的丰富思绪和情愫。

喜欢春雨带来的纯净，春雨让整个世界都变得清新自然和丰满，因此，情愿将身心交付春雨，让自己沐浴在绵绵的春雨中，任它包裹着，滋润着，呼吸着，丰盈着，去真切地感受一种愉悦、幸福。有人说春雨是绵绵的情思，可我说春雨是悠远而激荡的琴声，比琴声更悠远的心声，是一种依恋和回归。没有春雨这世界就是一片荒芜，人也亦然。正因为如此，开心快乐时喜欢一个人撑把伞漫步在丝丝的春雨中，让自己和雨丝融在一起，让心情与雨滴共同享受快乐；忧郁时也喜欢一个人持着把伞漫无目的地走在春雨中，在春雨的飘舞中，愉悦自己不爽的身心，让春雨那幽雅的气息洗去心中的不快，驱散凝结在心中的烦恼和忧郁，让心中久结的块垒迅速融化掉。

看着春雨在窗外淅淅沥沥地飘着，忽然想起"小楼一夜听春雨，深巷明朝卖杏花"这句诗来。虽然我们这里没有杏花、山巅，只看到流淌了两千年的运河之水还在静静南流，带走的是千年铅华，带不走的是如斯的春雨，这里有桃花、平原，有如剪的柳叶、如丝的柳絮，更有那颗平静如水的心境。沉寂的心再也经不起春雨的诱惑，索性披衣下楼，走到家门口外，让自己与这世界在绵绵的春雨中融合在一起，去体会什么是心静如水，什么是春雨如丝，更体会什么叫心境，什么叫淡远。

2009 年 4 月 29 日于深圳住所

江苏里下河印象

　　我的家乡里下河，生生不息的人们，在这世界里生活了几千年，有考古为证，江苏高邮龙虬镇发现新石器人生活的遗址，被称为龙虬文化。河水围绕的村庄成了我最深的印象，而小船是人们主要的运输和通行工具。

　　几十多座泥坯砖或茅草屋，错落在弯弯曲曲的小河边，一群老鸭从小河里爬起来，使劲儿地抖落身上的水，翘着沉沉的屁股，一摆一摆地往村子里走。一条大黄狗，紧紧地跟在鸭子的后面，一路狂叫，吓得路旁的母鸡"咯咯咯"地叫个不停，带着一群毛茸茸的小鸡飞似的跑进竹丛中。一条窄窄的机耕路，出了村子，爬上小桥，蹚过小河，一直往村外延伸。黄昏时分，从房子上冒起的炊烟笼罩了整个小村，人们都从地上往家里赶。偶尔，不知谁家责骂儿女的声音响起，十分刺耳，瞬间又归于平静。这就是我印象中的乡村！

　　乡村对于我，就如同河里的水和鱼。记得很小的时候，村子前的小河里的水是很丰盈的、干净的，捞起来的小虾可以直接吃下去；赶上发大水，全村的人都得往高处搬。那时候，仅有的几座高处的房屋就成了人们避难的地方了，有一年，洪水来得特别猛，临河的好多人家都进了水，大家都往高处搬。那几天，到处乱哄哄的，到处都是人。但对于我们而言，却是难得的时光，大人不管我们了，我们和小河里的小鱼小虾一样，也就自由了。在他们无暇顾及的时间里，拿一个洗澡盆，支一张渔网，在水里来回穿梭。当然，这样的得意很多时候是有代价的，时常招待我们的是一顿骂。但是，这样的时光一年里并不多见，即使是这样，洪水退后，小河仍然是小孩子的天堂。

悠悠的河水，两岸长长的芦苇，杨树斜在岸边，柳叶倒挂在河里，这对于我们小孩子来说，总有着说不清的吸引力。洪水退去，通常是暑假来临之际，田野间、河沟旁留下了这一洼那一坑，也留下了数不清的小鱼小虾。放学了人便跑到田野中。支几张网兜，或在水渠里留一道横坝向外排水，一切的分工都显得井然有序。未几，水落鱼现，乱作一团，人也跟着乱了起来。鲤鱼、鲫鱼、草鱼、螃蟹……叫得上名字的，叫不上名字的，一股脑儿往桶里装。当然，还有泥鳅，这东西很狡猾，滑不溜秋的，只往污泥里钻，抓起来也不容易，明明抓在手里，一不小心掉下去，又钻到污泥里了。也会遇到蛇，我们那里的多为水蛇，无毒。那时，鱼也顾不上了，一个劲儿地往岸上跑。人站定了，才发觉气还在喘，再看看伙伴，满身的污泥，眉也是，鼻也是，相互对望时，大家一样，兴奋和紧张之情溢于言表。当然也有分配不均的时候，相互打架也就在所难免了。

对于捉鱼摸虾这样的事，大人是不理会的。或许是没时间，也许是早已习惯了。乡下人家，干的是农活，关心的是田里的庄稼，于是，屋旁、场上、河边便成了乡亲们交流或闲聊的平台。三五成群，围着坐下，就着泡饭（我们那个地方叫晚茶。话题当然以田里的活为主，多为期盼有收成，当然也少不了乡野的种种传闻。人在说笑，蛙在鼓鸣，连田野里不知名的小虫也来凑热闹了。月儿上了，空气中有一丝淡淡草香，女人怀中的小儿也睡了，那就散去吧。

　　一夜好梦醒来，才发觉，乡村的影子早已远去，几十年过去了，只有印象中那条弯弯的小河，还在我们心中静静地流淌，生生不息……

2009 年 5 月 7 日于深圳住所

松竹梅集

似水流年亦淡然

　　我虽然没有在海边长大，但海边还是去过多次，第一次是到青岛，第二次是到上海奉贤，第三次及以后的次数就多了，但印象最深的还是第一次和现在常去的深圳大梅沙海滩。

　　大梅沙海滩位于深圳东部，在高速公路下，呈月牙形向香港方向平展开去，节日期间人非常多，尤其是青年人为多。暖暖的海风吹拂着树梢，淡淡的海味在人们心中弥散。时间随着光影而移动着，此时此刻，油然生出一种对大海说不出的情愫。

　　如果幸福是打在指尖的光阴，我想我会把它摆在手心里静静地端详，阻拦是无可奈何的，偶然破损也是无法弥补的。夕阳西下时，一切又回到了虚无，时光让我们凡人不可逾越和改变，但我会让那一分一秒，一点一滴地划过每一个指尖，独自去感受韶华白首、晨雾暮霭。成败纵然是一瞬间，确让人反思许多，当我们经过一夜休整，周围的所有已开始重新轮转时，那一点一滴流逝的瞬间，也是对我们的警示。或许生活就是这样，为逝去的事物追念的日子里，不给我们机会去懊恼，如果我们丢弃的越来越多，直到有一天让它堆积成山，压在了心上，一声叹息里，我们还能为自己重新扬起生命的风帆吗？

　　生活岁月里如同山溪流水，轻轻地流淌中总有落叶相伴；心情的荒野里总有几朵顽强的花蕾，衬托着生命的朴实平淡，

189

烘托着人世间的悲欢离合。虽然不能左右，可也是人生中不可缺少的东西，它可以很美好，也可以很悲情，或许更无奈，其实一切想开后也能释然。美丽的故事会让人神往，可神往之余呢，我们得到些什么，是鼓励，是追逐，还是懊恼？

未来并不是遥不可及，它就在眼下的生活中、明天的安排里、后天的打算中。生活就是这样，既不会颠覆性破坏一切，也不会因一夜间而巨变，所有的一切都需要时间来积聚和调整。你说时间是什么？是物质还是非物质的，但如果没有时间，所有的一切也都不存在。时间如流水，会冲淡很多东西，但不会全部沉沦。一个人可以放弃名利，回避朋友，独自一人用舌头舔去自己身上的疲倦或伤口的流血，但不能从此放弃自己。如果说我们过去没有丢弃过，今天仍然有一腔热血，做到心中有一盏明灯并且能静得下心，相信明天就能走得更远。唐僧西天取经虽然历经"九九八十一难"，但他始终坚持在眼前放着一盏长明灯，懂得坚守、坚持，始终向前，这确实给人以许多启迪。

只要我们淡然看待得失，淡然看待功名，不弃流年、不忘自己，保持一个宁静的心态，怀揣一颗感恩的心，讲究执着和舍得，就能走出属于自己的一条路来。

2009 年 5 月 15 日于深圳住所

少时印象之一：吃摊饼与捕麻雀

　　小时候我给人的大体印象就是脑袋粗、个子矮、身体瘦、眼睛大、皮肤黄，假如我有一点儿演技和运气的话，演三毛完全不用化妆和减肥。

一、吃摊饼

　　出生后第一个记忆就是与吃有关，可想而知，20 世纪 60 年代吃对于人的重要性。有一天舅爷到我们家，父亲特地准备了我平时不敢想象的美食 —— 鸡蛋摊面饼。只见三个鸡蛋从家里一个平常我们不知道的地方悄然拿出，被依次打破倒入碗里，蛋壳在用手指多次将可能留存的蛋清刮清后，才慢慢放到远处的簸箕里。接着我眼睛一直盯着父亲的制作过程，眼睛是否眨过一次，就不得而知了。

　　当热气腾腾的鸡蛋摊面饼做好时，桌子上除了风能吹出涟漪的稀饭外，只有毫无光泽的半碗梅干菜了。我的眼睛死死盯住这碗鸡蛋饼，随着它的慢慢变少，口水在嘴中不断地翻滚着，身体也不由自主地慢慢靠近舅爷的身边，那眼神可真的能钩出它来，直到分到一块为止，这可能是我第一次有记忆的印象中最美的大餐了。

二、捕麻雀

印象中，捕麻雀是个技术活，也是投入大，产出也大的过程，首先要找一个轻且长的竹竿子，用不知从哪儿找来的麻布片缝成一个袋子。一头缝死，另一头缝在一个用铁丝制成的圆圈上，将铁丝端头与小的竹顶端用草绳固定，里面放些用手搓得很软的稻草。

当冬天的夜幕深深笼罩在充满寒气的苏北大地时，带着无限憧憬和无限激情的我，就与几个比我大的孩子出发了。那时村庄多为双面坡的草屋顶，麻雀通常在屋顶的侧面叼个小洞，做个窝。我们蹑手蹑脚地靠近，然后快速地用手电筒照在白天已侦察好的大概位置，用事先已准备好的竹竿上的袋口对准并抵紧麻雀窝，一阵惊慌后麻雀多会钻入袋中，如果能够狠、准、快，再加上一些运气的话，一个麻雀或许会收入囊中，但很多时候，手电筒一照或当竹竿慢慢取下时麻雀会惊慌而去。冬天夜晚的乡村还是很冷的，加上苏北天气潮湿，寒意更浓，当浑身冻透的一个晚上有时也能抓到几只时，第二天将是儿时记忆中最美好的时光。

2014 年 6 月 13 日于杭州家中

少时印象之二：抓青蛙

我们家由于兄弟、姐妹多，母亲不能出来工作，在一段时间内，收入全靠父亲一个人。那个特定的时期，给我印象最深的就是肚子永远没有饱的时候。以下行为就能解释我解决饥饿的努力和抱负吧。

夏天的暑假通常是我晒得最黑的时候（当然现在的我也没有白过），白天主要的任务是游泳和到田地里抓青蛙，晚上再到处找个高一点儿或有风的地方乘凉，暑假作业则是临近开学的几天里就能做完的事情。

抓青蛙首先要有工具，这个工具全部由我们自己独立完成。工具其实很简单，主要是找一个树枝把它处理干净，然后在一端插上几枚圆钉，最后将钉帽磨尖即可。从这个意义上讲，抓青蛙则应该称为扎青蛙。

烈日炎炎的下午，我们几个小伙伴各自带上几只扎着铁钉的小树杆，向着野外的林荫处和多水的地方直奔而去，通常这些地方是青蛙停留之处。

夏日的青蛙有大有小，个头大得多是上年度或前几个年度冬眠过来的蛙族前辈，相对小的则是当年蝌蚪长大而成，而我们选择的多是大青蛙，现在看来符合动物保护论的。看到有青蛙，几个人呈半圆形悄悄合拢过来，先有一个人举着扎着铁钉的树杆，对着青蛙用力飞掷而去，如果脱靶，其他小伙伴就将全部工具扎向这个倒霉蛋，实在不行的话就手脚并用，直到抓到为止或它跳入水中溜之，中间虽然命大的不少，但一个下午大家还是有收获的。

有了收获，下面的事情就简单多了，归来后找个大一点儿及干净一些的地方，伙伴们将几个用现在提法叫作食材的东西，剥皮去除内脏后，在水中简单洗一洗就用盐巴腌制一下，过一会儿就用大一些铁丝夹在火中烧烤。可能有些是方法问题，也有一些可能是心急了点儿，当中有部分还没有完全烤熟，大家可管不了这些，眨眼之间就飞快地进入肚中。那种回味无比的鲜美度和成就感、味觉的享受可比当下"舌尖上中国"所描述的还要勾魂，当然那时没有这个虫那个病毒的风险压力，即使有，也没有什么公共信息广而告之，简单一句话，肚子里没有油水，而未来风险和现实需求之间是我们会做直接而又简单的选项，本能的驱使是符合公理的，这不需要论证！

2014 年 6 月 14 日于杭州家中

少时印象之三：捡螺蛳

当一个跟着一个的北风吹满苏中平原的时候，农民就开始从繁忙的秋播季节转到地头活较少的冬季，在萧瑟的田野与古老的村庄中，或太阳懒懒升起，或轻雾笼罩或冷雨淅沥，农民都不会轻易放过难得的好时光，为来年生计做各项准备。这时你会看到，轻雾弥漫的冬日早晨，条条大小不一的木船布满了大河小汊，一个个男人奋力地在船上用杠杆原理将河床上含有螺蛳的污泥拉起倒入船的中舱（在苏北此农活被称为罱泥，罱泥的工具是用两根较为粗壮的竹篙相交，再在一头固定个向下开口的网袋，用于收集和装载在河床中污泥和其他腐植物），待船舱基本装满后，再由船另一头的女人用竹篙将船撑到岸边，两人用力将泥浆扬抛到岸上早已挖好的方形坑内，其间分层用工具不断铺上青草或者稻草。来日受空气需求的影响，大小螺蛳不约而同地浮蜓到烂泥上面，它就成了我们的诱惑。一般情况下在上学或放学的路上，东张西望一下，看到农民叔叔们在用铁锹挖塘时，我们就知道又有时下所谓的鲜美食材了。

捡螺蛳就出现在这个时候！

早上，还是哈气成霜的时候，我们就穿上缝着布丁的棉袄棉裤（那时穿不起秋衣秋裤，毛衣毛裤，更没有什么羽绒衣服了），拎着菜篮子直奔目标而去，到了塘边脱下棉裤，只穿着小裤头（更多时候是光着屁股），走下结着薄冰的泥塘中，许多的争执就出现在我们小伙伴们争抢中，捞着一个个大小不一的螺蛳，飞快地放入篮中。有时泥塘挖得深，泥水漫到腹部，把仅有的一条棉袄也浸到泥水中，遇到那样，当天或第二天上学就难办了，得等母亲将湿透的部位在锅灶或煤炉边烤干才能上学，否则就只能光着屁股去上学了，当然即使老师同意，瘦小的身体也耐不住这天寒地冻的时节。

　　把螺蛳捞回家后，就倒入有水的澡盆里，养上一两天，一来让它吐吐泥，二来一时也吃不完，相隔一段时间，螺蛳就会将脑袋伸出贝壳，探出蜗牛似的触角，也同时慢慢吐出绒状污物。第二天我就会急不可待地捞上一碗，用老虎钳咬着牙费力地夹去螺蛳尾部，倒入一点儿菜油和酱油，放在饭锅里与饭一起蒸熟。吃饭时，我们通常倒入一些于自己饭碗中，再抓出一个个地用嘴拼上劲儿狠狠吸入，有时候我们家用红烧的方法烧出半锅，尽量大家能多吃一些。想当时，每个螺蛳都是美味的享受，每口汤汁都是无比的享受。现在也有吃的，只不过味道和它的吸引力与儿时断不能相比了，这些对当时的我们度过困难时节，以此弥补蛋白质的严重不足还是很重要的。听妈妈讲，这水中之物属于凉性，吃多了会拉肚子，我也有此感受，有时真的也会向茅厕狂奔而去。

　　　　　　　　　　　　2014 年 6 月 15 日于杭州家中

少时印象之四：抓螃蟹

　　小时候，暑假对于我们而言是最美好的时光，没有什么学校和家庭布置的各种作业，整天就是玩。玩的时间多了，抓螃蟹也成为我们生活中选项之一。

　　我之所以起抓螃蟹这个题目，主要是讲手工活，除了一条长一米左右的 8 号铁丝，几乎不用什么工具，基本上要用手去抓捕。抓螃蟹是一件集技术和经验于一体的活计，我把它看成是夏日休闲和获取蛋白质的重要途径，也是丰富生活的一个部分。

　　偶尔也和同伴们一起去不深的河塘中摸螃蟹，所谓的摸螃蟹就是我和大家分别在水中用脚先行探摸，如果脚触及了，就先用脚将它踩住，再弯下腰，潜入水中将其抓取。这种方法比较笨，需要多方了解什么河塘中有，什么地方没有蟹。再者用脚排查的方法效率低、效果差，因此我一般使用较少。

　　因上午天气相对较凉，下河沟或去水渠抓螃蟹通常是下午，大约傍晚就能回来，运气好的话能抓上 10 个、20 个，如果运气不太好的话也能带上七八个回家，总之，基本上能够一家人晚餐的主菜了。

　　抓螃蟹在我们小的时候叫掏螃蟹，这多与从洞中将螃蟹掏出来有关，掏螃蟹是我们暑假期间主要娱乐和消遣方式。

　　通常在下午 3 点左右，我提着装有盖子的竹篓和一根长约 1.2 米的掏蟹专用铁丝（一般用 8 号铁丝制作而成），就出发了。夏日的 3 点钟仍然是很热的时候，为了寻找食材，汗水和晒黑的皮肤已经不重要了。

经常和我一起出发的是我老妹妹，她替我提竹篓子，负责将抓出的螃蟹放入篓子里面，沿着河堤、沟埂跟在我后面。我则走在渠道的两边，寻找在水线上下的洞口，特别是在水边印有螃蟹爪子进出留下痕迹则更好，可以基本判断有螃蟹了。接下来，我就走到跟前，慢慢地用铁丝钩子沿着洞口方向伸入洞内，一旦碰到硬物或者听到钩子划到螃蟹表面发出的类似碰到陶瓷的声音，基本上就可以经过几次尝试，用弯成 90 度的钩卡住螃蟹的另一边。这种方法基本靠感觉，回想起来我自己经常佩服自己的无师自通的能力，想当初，同学和小朋友之间在一个特殊的年代，我们食材还不丰富的时候，即使同学，甚至上午还是好朋友，到了此时已变成了竞争关系，他们是不会随便传授我技术的，所以这些基本靠自己思考总结，在一次次失败中逐渐有所发现和改善，依现在的眼光和职场并无二别。细想起来从小就模拟职场，并进行训练，我们大家都是虎狼了，长大后在八十年代至新世纪初，我们作为职场主要战斗力的确可以的，否则就不能解释这 30 年的天翻地覆。

我一只手，拦住洞口，右手将铁钩在钩住螃蟹的基础上，慢慢往外拉，螃蟹则想尽办法拒绝，因此双方你死我活的斗争，随着螃蟹慢慢拉到洞口才见分晓，一到洞口螃蟹见了亮光则非常迅速地向外逃去，这时我只要左手按住它就大功告成了，如果让它溜掉则白辛苦了。但多数还是成功的，也有个别螃蟹坚决不愿意出来，或者被洞内一处硬物挡着，往往会直接将螃蟹拦腰拉断，最后出来的可能是断肢残臂了，这种状况是不用的，因为天热，一两个小时后螃蟹就不新鲜了。

判断洞内是不是螃蟹还是黄鳝，甚至是蛇，多半是经验，比如说洞要在水下，或者有水。当然有时也有例外收获，有一天我在家门口的一个洞内用手探入洞内，被活物咬了一下，根据被咬的情况判断，这里面是一个母黄鳝，就惊叫着让我老妹妹回家取出菜刀，我接过菜刀，用左手伸入洞内抓起黄鳝往外拖，哪知道黄鳝太滑眼看就要出洞溜入河水中，我急忙举起菜刀向抓住的黄鳝用力切去，由于用力过猛，直接将黄鳝一刀两断，只有部分表皮连着，瞬间黄鳝再也无法溜走，我将它从水中捞出时才发现自己左手中指外侧皮肤的表面也被刀削去，留下点点血渍，只不过不知道哪一滴是黄鳝的，哪一滴是我的。回家后我母亲将黄鳝洗净，当天晚上就成为我们最美的食物，那近一斤的野生黄鳝味道和飘出的纯自然的香味，在脑中停留了一个晚上。

有几次，我用铁丝钩出螃蟹时，也钩出几段被螃蟹咬断的水蛇，这以后我才知道螃蟹是蛇类，特别是水蛇等小型蛇类的天敌。

当然，我也有失误的时候，由于是赤脚下河下渠，经常被玻璃、石头或瓦片所伤。因为长时间泡在水中，皮肤比较容易被尖锐的物件伤害，所以我的脚上，特别是脚底经常受伤流血，有一次脚被玻璃划得比较深，几天上学都走得困难，最初两天还要同学搀着行走。也不知道什么原因，即使我经常在比较脏的地方受伤，也没有得过什么破伤风之类的病，至今的身体完整，说明经常在不太干净的复杂地段生活，人的免疫力是可能提高的。听说印度有一个乞丐，几十年未洗澡，吃的都是比较脏的食品，他也没有得过什么病，健康至今。这不知道是否真实，但经常在复杂环境中生活，人的免疫力提高应该是大概率的事件。

有时候我在想，现在人们的生活是不是太精细了，现在人有一点儿小病就吃药治疗，是不是也降低了人类抵御病毒和病疫的能力，可能也降低了人类自我修复能力了。所以在艰苦的地方锻炼和生活是有好处的。对的，我要把这段文字告诉我的孩子。让他们有一个健康和理性的生活方式，否则经常吃药喝汤，长期来看对于抵抗力和免疫力是没有帮助的。

苏中的夜晚，多半是闷热的，即使繁星满天，也有一股股不知道从什么地方冒出来的热气，把整个晚上罩得热乎乎的。像我们这些十来岁的小男孩子，家里没有任何降温的物件，除了出去转转外，剩下的时间主要是在我们家屋后，在一个由老四合院拆建成的大会堂边乘凉了。

暑假的夜晚，留给我们的记忆是深刻的，它用简单、无聊、平淡和粗糙几个词是不能描述的时代，但孩提时代的同学们和家庭都是差不多的。我们没有那么多当下孩子的作业，但也没有那么多的娱乐生活和消磨时间的节目。我想，生活每一次给人们这样的条件，想必肯定又每一次提出相应的其他条件，以期平衡，否则这个世界就是不公平。

看来这个世界真的是公平的！

2014 年 7 月 15 日于杭州家中

追忆父亲

很早就想拿起笔来写写父亲。倒不是想学众多名人通过笔墨父辈让大家不断关注自己，而是父亲生前我们没有很好地理解和交流，这也日益成为我心中永远的痛。随着自己年龄慢慢增长和自己为人父亲、祖父后的慢慢体会，才逐渐理解父亲起伏、洒脱、憋闷和先苦后甜的一生。

一、印象

如果父亲活着，今年 102 岁了。印象中，父亲多瞪着眼睛，嗓门又大，走路较快，脾气急躁，但也怕事，见到领导总是表现出发自肺腑的尊重。一天到晚多抓着茶壶，除了生炉子和做好吃的菜外，基本不做任何家务事。

他身高大约有一米七，四方脸，肤色白净，清瘦无比；双颊内陷，颧骨稍高；嘴较阔、眼有神，生气或发急时，像是瞪着一双牛眼睛，让人惧之。眼睛的左上角有一个不大的脂肪瘤，一生未消，小时候我和一般大的孩子吵架时，他们总是骂我爸孙大瘤，气得我们眼睛有时与父亲瞪得一个模样。一身宽大的衣服总是在他身上不合时宜地摆来摆去，晚年更瘦时，衣服就显得愈加肥大。他比较怕冷，夏天从不睡凉席，母亲只好在她睡的半边铺上草席，冬天来临时，他早于别人穿上棉衣。一生嗜好烟酒茶，也擅长麻将，无钱购茶时，则用商店卖完茶叶后茶叶碎末替代，有时一壶浓茶偶尔被我们喝干，当续倒上水时则再也无茶色，父亲偶也发急，总是恨铁不成钢地重复告诉我们，喝茶时，不能等水干了再续水，否则这壶茶没有茶味了，在经济条件很是拮据的年代，这句话非常重要，但我们就是不能记住。他几乎每天早上雷打不动先喝上半热水瓶茶，方吃早饭，尚残留着少年时代部分生活印迹。因此家中的煤炭炉子的每天生火多是父亲职责所在（我们那里也称为"着炉子"）。无酒可买时，我曾亲眼所见他老人家用农村医疗所的酒精饮之，畅快淋漓时还总是一脸幸福模样。

二、没落的少爷

父亲从穷困潦倒富家子弟到晚年又回小康生活的一生，足以说明他一个普通人，在家国风云激荡变幻中的多彩人生，也能理解他急躁、善良的性格和偶尔小资并洞察人性的情怀。虽不像成功人士那么跌宕起伏、洋洋洒洒，但他和母亲一起把 6 个子女抚养成人（在大哥和二哥之间的两个哥哥在幼儿期早夭不算，如果算上则有 8 个子女），在困难的条件下尽可能地送进学校读书，并尽力安排好工作和学习，确实很不容易。

父亲的祖父孙余泰（听大兄讲是这个姓名）是中医，听说医道在苏北一带比较有名，是否有演义成分不得而知，但家中吃饭人口就有几十人，砖瓦房七十余间，田地高峰时有一千余亩确有其事，说是田地从三垛东北有个叫三百六的村庄，一直断断续续地到一个叫作官垛庄北面。可想这个家庭和财产还是很庞大的。

听说，我们家祖上做过天官，相当于现在的组织部长或副部长，不知是真是假，我想应当能够查清楚的（我在网上查了一下，清朝有一个姓孙的侍郎叫孙葆元，为咸丰十一年任上，即1861年，应该与我们家不搭边，如果有的话应当在清朝早、中期时间为恰当）。但"文革"期间我老姑妈将祖上传下来的一件清朝官服偷偷地烧掉，倒确有其事，只不过家人没有看看官为几品。

父亲就在这个家庭慢慢长大，爷爷辈兄弟三人，就我父亲一个男孩子，三房给一个，且家境优越，他有四个妹妹，想想也是娇生惯养，抓在手中怕化了，放在地上怕凉了。从小就脾气急，但不好打骂（印象中，从没有打骂母亲一次，我们挨打那是常事，也另当别论），也从小喜欢美食，但不好独享（我记事中，不管家境如何，父亲总偶有改善生活之举，这在后说），得祖上厚德想之还不是奸恶之辈。从学会走路起，就每天吃一次早茶，平时一个家佣专门跟着他，怕他走失或跌倒，遇到人多时，即使到了八九岁还偶尔在用人的肩膀上度过，即使到了晚年，他一发脾气，奶奶急迈着颤巍巍的小脚，满含眼泪不停地叫着"乖乖"，希望他不要急坏身子，想到这儿我们这些晚辈都羡慕佩服不已。也许太娇惯了，学习不用功，私塾房中待不到一个时辰，就要出去遛遛，想是字念得不多，写信时遇到不会写的，还经常问我母亲，当然偶尔能看到母亲那不待见的目光，即使到了老了写的字，也是东倒西歪，老人家写给我们的信，我们也要连读带猜，方知大概意思。

由于我爷爷和奶奶持家不力，又好上抽大烟，加上管家监守自盗。先是酒坊的烧酒品质不断下降，直至酒酿不出酒来，没有几年的光景，酒坊也就慢慢地垮掉了，接着，油坊榨出的油也少了，口感也差了，一个家族的生计全靠不断地变卖房子度日，房子卖得差不多了，就卖田地，加之民国期间各路军阀和日本人来后的跑反（跑反，就是听说日本人来了，就携带最贵重东西，跑到附近芦苇荡中短时躲藏），家产慢慢就没了，最后是一场大火，长辈说，大火中有一条龙腾空而起，绝西而去，这当然是杜撰，仅为饭后茶余。压垮我们家的最后一根稻草是管家（我奶奶堂哥），他收回租子后携银失踪（是不是在一个月黑风高的夜晚就没有人知晓了），赶到他家一看，人走房空，这才如梦方醒，一家人捶胸顿足，寻死觅活后悔晚矣。

三、父亲的人生

爸爸妈妈大约是 1943 年结婚的，这是父亲第二段婚姻，第一个太太姓童（叫童文金），新婚不久，日本又来了。日本人来前飞机曾轰炸过几次，其中有一次红头飞机，在三垛镇上转了几圈，丢下一个炸弹，炸塌了几间百姓的房子，也炸死了几个人。再有飞机来时，大家就将被子淋湿盖在大桌子上，一家老小全部钻进去，寻求自保。还听说一个日本军官，骑在马上发现了一个新娘回娘家，于是打马而去，企图不轨，又担心马跑掉或怕别人骑走，于是将缰绳系在自己腿上，接新娘回家的母亲又急又怕，只好打开洋伞以图遮羞，哪知道鲜艳的"洋伞"一打开，就惊吓了东洋军马，马儿拖拽这个小鬼子狂奔而去，小媳妇意外保住了贞洁和生命。

家里人经常跑反，有一次跑反时，童妈妈将携带身上全家仅有的几根金条（更可能是银锭）丢了，回家后经常发呆，可能长辈也多有指责而一直后悔，不到一年就过世了，也没有留下一儿半女。现在我们每年扫墓时，还替她烧纸。一段时间后，日本人和伪军形成事实上的占领，社会秩序暂时平静了一些。

母亲结婚时，家境已是没落，但瘦死的骆驼比马大，听说婚礼还是说得过去的，直到我十多岁时还能偶尔看到每年晒伏（每年过了梅雨时节，家家户户就将衣服从木箱中拿出来，放在太阳下暴晒，以驱霉气）时出现的指甲盖大小的祖母绿宝石，以及母亲结婚时挂在婚床上端的绣带。不过这东西现在到了什么地方不得而知了。

一年后，大姐出生了，随着人口增多，而财富不断减少，入不敷出的日子，迅速将家庭各种快乐击碎，即使我大哥的出世，也未能给家里带来多少喜庆。最后的几间房子也典当了出去，其实从心里也知道是无法赎回的。

绝望中爷爷和奶奶带着我父亲、母亲和大哥、大姐和几个姑妈，到三垛北面的秦家庄租了当地农民的两间小房子，靠开一个小店，过上了吃了上顿，就没有下顿的日子。

想之，农村多数人家还有几亩地作为生计，生活条件自然比我们祖辈落难时要好一些，他们一方面要从三垛进货到农村销售，一方面还要雇人下粗力。我们家这些爷爷奶奶、爸爸妈妈，昔日里这些少爷小姐们，是干不了重活的，这些里外都要费用，加之小本生意，日子的确非常困难，最难时，把二姑妈和三姑妈送给了人家做童养媳，这些大户人家的子女，气质和受教育程度也大大高于农村孩子，我们家几个姑妈长得都很漂亮，即使到晚年时也显得皮肤白净、面目慈祥，有气质、有风度，但这种情况下，过去的身份和曾经的地位都没有用了，活着才是最重要的。

老孙家多少有些像红楼梦里的场景，曾经的公子小姐般生活彻底没有了，代之的是饥寒交迫、颠沛流离。

刚解放时失业人数特多，大家都没有比较好的归宿和希望，父亲也三十多了，《红灯记》有句歌词唱得好，穷人家的孩子早当家，反之，富家子弟当家迟，迫不得已，才能单门立户了，思来想去，只能到南京向姨妈和舅舅家靠拢，寻求帮助。姨妈是新四军干部，加上识字较多，因此工作比较好，姨父（也是新四军）在南京市劳动局上班，也把年轻的舅舅从上海招到南京无线电厂工作。刚到南京时，他们只能住鼓楼能仁里一个不足 6 平方米的房子，大姐和大哥只能相依为命了，唯一高兴的事情就是，经常上北极阁玩，那里有道观、寺庙凑凑热闹，只是不知道饿着肚子看小和尚念经是什么样的感受。早上父亲挑着半筐烧饼油条（多了挑不动，少时没有吃过这样的苦，但敢于放下身段，走到大街应该是做了多时的内心挣扎），沿北极阁、太平路、中山东路出中山门（原称朝阳门）往孝陵卫方向一路叫卖，下午换回一筐西瓜之类的时令地产食品，再沿着早上路返回叫卖，要是卖不完他们三个人就吃这些剩下的，如果卖完了或许能够吃到一顿正餐。我妈则到了南京秣陵路北面俞家巷一个人家做了保姆（听说是一个老红军家，老红军识字不多，当区里的建设局长，他娶的妻子是新四军干部，但曾被鬼子或伪军抓住过，怀疑有叛变情节，只得非常老实又非常勤奋地工作，在那个特别的时代，想之在家中地位也不会高）。日子就这样艰难地过了下来，当然也少不了姨妈、姑妈和舅舅家的接济。

那时，我还没有出生，这就是 1949 年前后我们一家人的生活。

　　50年代中期，随着经济和社会进步，农村开展公社化改革，城镇商业系统开展合作社运动。爷爷这个社会弃儿终于有了一份自己能够养家糊口的职业，在代销商店做营业员。那时候商业按属性分二种，一种叫合作社，一种叫商业社，前者公有制成分更高一些，我爷爷就在后者的单位工作，被安排到一个叫横泾公社的温家庄代销商店中做了营业员，那个商店其实就是租用农民家里一间房子，一个人当营业员，白天在里面工作，晚间就睡在里面，权当保安。只是后来，商店被不知哪个坏人偷了一次，公家追责，把这个没落的资本家后代吓得不轻，此后赶紧按照领导意见，取消了代销店资格，就这样爷爷又没有了工作，他们失去了生活来源，最后只能在老姑妈家生活，一直到去世，中间仅是生病期间到我们家住了几段不长的时间。

　　父亲就是爷爷有工作后，第一时间写信要他回来参加工作的，用我妈妈话讲，要是不回来的话他们也能在南京就业，只不过还要挨饿受冻一段时间。父亲回来后先到了横泾公社姚家庄商店当员工（母亲随后辞去保姆也返回，收拢孩子后到父亲工作地生活），后来被调到一个叫周罗的村庄当营业员，我生平第一个印象就是在这个村庄的一家四合院中开店，商店营业处在西边的厢房，我们全家吃住在东边的厢房，北面是村庄的仓库，南边是连廊，中间是天井。虽然比较清贫，但也能维持基本的生活，那时候我们兄弟几个和妹妹也出生了，原本就较难的生活，又添了几张嘴。家境一天比一天困难，父亲又开始为每一天的生活犯愁了，望着偶尔从商店门前飞过的几只麻雀，似乎勾起了他小时候无忧无虑的生活回忆，但现实的难处紧紧裹在他身上，让他无法轻松自己。只有一把破旧的茶壶攥在他手中，让阵阵温暖暂时缓解他迷茫又疲乏的身心。

我是农历 1960 年 11 月 23 日，阳历是 1961 年 1 月 9 日出生在江苏高邮横泾公社姚家大队，查了一下，现在叫高邮市甘垛镇温姚村（以前姚家庄和温家庄是分属两个不同的行政村，近年合并称为温姚村），合并前姚家庄姓姚的人家比较多，故称为姚家庄，其周边的温家庄、费家庄、周罗村亦同理。听说我出生时天刚微亮，是早上 5～7 点，属于卯时，第一个敲我们家门的人叫蒋广鑫（后来与我是从小学到高中的同学）的伯伯，好像叫蒋桂楼。此人当时是姚家大队第二生产小队队长，他能说会道，左右逢源。妈妈说，刚出生的小孩子性格，很大程度会随第一个到我们家的同性别成人，现在看来也不尽然，我既不会那么讲话，情商也不高，最起码这个经验之说在我身上不太灵验。据说，当时天寒地冻，加上三年困难时期，我的出生并没有给家庭带来一丝快乐，反而为以后的日子徒增一张嗷嗷待哺的嘴。

姚家庄，我的衣胞之地。

两岁左右，我得了痧子（是不是天花我不知道，但我始终认为老家所讲的痧子可能就是天花，天花现在有疫苗了），依现在医学讲是流行疾病，是属于一种病毒感染导致的传染性出疹的疾病，现在只要几片药就能治愈，但当时可差点儿要了我的小命。妈妈讲，那时候没有特效药，出痧子的绝大多数是 5 岁前的小孩子，一生中每个人都会得过痧子病一次，且终身有免疫力，看来这个病毒把人类作为宿主已有几十万年了，否则免疫不会在人类身体中产生终身作用的，基本的治疗方式就是病人死扛，也有个别小孩子扛死的，我就是差点儿成为其中的一员。痧子发病时不能受凉，不能吃咸和油，更不能吃任何荤菜或者发物，例如香菜、孜然、海鲜、公鸡等，否则小命难保，至少也是一脸大麻子。听说康熙的天花就是这种病，他就是一个大麻子，电视剧上说，也因为得过天花有了免疫力，他才有机会当上皇帝的，现在所看到他的画像是经过美化的，画工也不敢将老皇帝的脸画上大麻子，否则要掉脑袋。那时候经过几天折腾，加上从小就营养不良，我已是病得出气多进气少，哭声如同小猫叫，奄奄一息处于濒死的边缘，父亲以为没救了，只能将我放在蚊帐中，放下打着补丁蚊帐的门帘等我气绝，床边已放了一张不知道从什么地方找来的芦席，用于我死后包裹埋葬之用（当地有个习俗，小孩子死在家里要放下蚊帐帘，还必须用芦席包上，不能用棺材埋到荒田去，也不好有坟头）。没承想，早上太阳升起的时刻，可能是朝霞给我带来了温度和好运，哭声也随之增高，看来老天爷没有带我去极乐世界的意思。母亲心疼不已，找来曾经是我曾祖父徒弟的老中医替我打了一针，听说是粗壮针管的药，随后我就挺了过来，帐帘也收了起来，芦席也撤了。后来与家人每每讨论之，我都坚持那一粗管的药是葡萄糖，想必当时就是与死亡判官就近打了一个招呼，命运守护神一看不对头就赶紧打发我悄悄溜了。从那以后，我就对白色的葡萄糖充满了感情和尊重，偶尔拿到手中也是端详许久，即使一块深黄色的普通糖果，也要找到一个没有穿洞的口袋里捂上几天，平常也只是拿出来看看，最后才舍得与伙伴分享。也可能因为这一遭，造成我小时候体弱多病，经常吃药、个子也矮于同龄人（现在个子也不高，对外号称1.65米）。我想从我个人生活的一个侧面足以折射出家庭生活困难一面，父亲维系生活的难处和无奈。

姚家庄人多姓姚，父亲在姚家庄商店做了多年的营业员，我们家租一个姓俞的人家房子，其男主人从南边的秦家来做的上门女婿，也就将秦姓改为俞姓，他家住在村庄西南边，其二儿子还是我小学、初中和高中的同学，庄子里边的三间草房就租给了我家，租金印象中每年36元。父亲工作的地方，就在离家不远的瓦房内，在租屋的西南向，直线距离大约150米，中间隔着一条南北向的砖头路面（村庄里用砖头铺就的路面呈倒着的日字形，商店就在上面一横与中间一竖的交叉口的右上角处）。用现在的人看，上班离家距离太让人幸福了，小孩子一泡尿的距离，但当时我们的生活和学习场所都是随父亲工作调整而经常变换的，村民农作物也离家不远，村庄周围都是农田，与之沟通的全是大河小汊，我从出生到当兵的18年，生活的地方就经历了四处，那时工作距离对大家没有感觉，倒是经常搬家，使我们要经常认识新朋友，对小朋友们来说是个短期困难。好在小朋友初次见面，往往直接互报家名和住址，见过一次面后就是朋友了，几次面后往往中间就有了打架和分派吵架的过程，再下次见面还是朋友。

记不住哪一个冬天，我们家又搬了，父亲请来了当地的一个农民帮助搬东西，那时候每个人家的家当都非常少的，我们家也不例外，生活的困难使每个家庭除了紧要的生活必需外，一切与休闲、娱乐物品没有半毛钱关系。一条小木船，就承载了全屋家当、全部现实、全家希望，船工用竹篙（或短桨）将小船奋力地不断推向前方。小船压碎了清凉的水面，船后的碎浪无力地拍打着两岸，轻轻晃着的船身，总是无言

松竹梅集

提醒我们距离水面的寒冷是多么近，冷冷的旷野之风吹着头发，似乎警示我们前方的无奈和不确定性。清瘦的男人在河水中用力将船撑向我们全家的未来，灰旧的茅草屋、枯败的树木、残留的冬雪等一些景物，在船后的两岸慢慢退去，迎接我的是陌生、茫然、而又产生一些兴趣的新地方。

父亲作为多个孩子的爸爸，在家境比较困难的面前，做了许多努力和挣扎。我们家户口那时叫定量户口，属于城里人，但一直生活在农村，现在看来顶多是伪城里人。城里人与农村人最大区别是，家是按月供应粮油，父亲有工作，而农民是靠平时在农田里干活，每年按照工分结算。由于我们生活在农村又没有燃料供应，也没有农村的稻草、菜地，反而增加了当地农民所没有的困难。那时，许多商品都凭票供应，吃饭靠粮油票、穿衣靠布票、洗衣要肥皂票、烧饭要煤票、点灯要煤油票，等等，连吃豆腐也要豆腐票。因为在农村，鸡鸭蛋不要票，只要有钱就能买到，但这个奢侈品也不是想吃就能吃的。面对供应和生活，我们家是钱少加供应紧缺，全部靠父亲一个的工资是不能维持全家正常生活的，印象中，父亲与当地村庄领导关系处得还不错，给了位于商店东南面一块大约60平方米的菜地，我们兄弟两人与母亲一起，在秋天种上青菜、菠菜、茼蒿，春天种上豆子、莴苣、瓜类，这样可以节省部分开支，我搭黄瓜架子就是那时候学的，现在也不手生，现在的院子里瓜架子也多为我所为，只不过当时是用芦杆，现在是用塑料棒或小竹竿。家里也偶尔利用职务之便，用肥皂或其他东西换来一些稻草和麦秆，与当地农民一样，以此作为日常家用燃料（部分从三垛镇用船运回的煤炭做成的蜂窝煤替代），因此，当地每家每户都有一个不小的草堆。随着四季轮转和风雨阳光，草堆的颜色和大小也不知不觉地发生变化，预示着斗转星移和季节变换。

每到春夏青黄不接之时，个别邻居也有缺粮的，他们也偶尔向我家借本来就不多的大米，母亲每次都没有拒绝，在一个不大的米缸里，用一个铝质的金属筒作为计量工具，量出几筒以资急用，那时也没有打借条，更没有征信一说，全凭质朴的邻里关系和村民们几千年逐渐形成的民风，到了收获的季节，借大米人家会在第一时间将粮食先归还我家，也是用这个铝筒量好归还，每次还用手另多抓几把大米，母亲也常客气过，邻居也坚持这样，这个铝筒后来我多次回家也找不到了，但我始终认为，铝筒承载的是中国百姓的韧劲和坚持，量出的是信任与互助，这种邻里互助关系，随着经济条件改善才在 70 年代末消失。我真的希望消失的只是贫穷，而不消失的是几千年形成的邻里关系，但近年这种互助纯朴和友善的民风慢慢地淡了。

父亲白天在商店当营业员，那时叫站店，夜里也睡在商店兼保卫之职，每月工资 36 元，后来约 42 元，1982 年左右是 52 元（而我大学毕业，任排职干部时工资就是 68 元，想来父亲多有不服）。一家 8 口人，姐姐已经嫁到唐家，大哥作为知识青年下放到秦家，剩下需要吃父亲工资的有 6 人，那时大米 0.12 元一斤，菜油 0.60 元左右，猪肉 0.73 元，鸡蛋 0.66 元、鸭蛋 0.62 元一斤，仅靠这很少的工资是不能很好地保证家里生活开支的。我印象中的衣服没有一个不带补丁的，如果用来演《白毛女》完全不要像现在到处找旧衣服了。过去说，老大新、老二旧、缝缝补补给老三，我就是老三，穿打着补丁衣服也没有选择，嘴上有一百个不愿意，特别是看到大妹妹过年穿上一件新衣服，更是一万个不高兴，跟母亲嘟嘟囔囔地说上好多生气和抱怨的话，但万万不能在父亲面前甩脸子的，否则皮肉之苦可能难免，母亲多半采取见怪不怪的态度，不解释、不理睬、不生气，属于典型的"三不主义"。时间一长也就没有一点儿办法，无奈之下，打着补丁的衣服还是要穿的，即使这些补丁是带花的，否则冬天的严寒和夏天光屁股是不好过的。吃肉更是难得的一件事，细想之，我现在每次闻到肉香都有想看一看的冲动，可能与小时候没有多少肉吃大有关系。家里每个月大概能吃上一次肉，通常是在父亲发薪水的日子，其他时间的红烧青菜或者青菜汤里只能偶尔看到油花闪亮。父亲更加清瘦，每天跟随他的也就是一把破了嘴的茶壶。他老人家确实厉害，我们家大约有四五个热水瓶，他一天能够喝上 $2\sim4$ 瓶，大约 5 公斤的水，用当地老人讲，老孙是水给喝多了，一点点油水全给水冲走了。

活下去，或者争取好一些活下去是当时第一任务，玩也是要服从这一生存欲望的本能驱使，因此我们从小就知道如何在日常生活中寻找食物，伙伴们在暑假或者放学的路上偷过洋生姜，夜晚在蚊虫的密集陪伴下，钻进他人家的菜园子吃过没有长大的黄瓜、菜瓜，出来时脸和手上挂满了被蚊虫叮咬的包。暑假的每天下午抓过青蛙、钓过鱼虾。这些目的性极强的活动，让小伙伴们增加了食物来源，这才真正是玩中有食，玩中有乐。现在细想虽然过了嘴瘾，但由于当时卫生条件限制，大家都有不同程度的蛔虫病，小时候我们经常肚子疼，偶尔也会有蛔虫与大便一起拉出，本人甚至从嘴里跑出过蛔虫，现在想起甚是恶心。有次问医生，他们讲蛔虫从肠道反流到胃部，受胃酸影响就从嘴中窜出，跑到胆中应可能是胆结石的根源之一。那几年几乎每年脸上都有白斑，接着就是打蛔虫，吃过宝塔糖、楝树根皮熬的水喝，由于我很瘦，加上经常不知原因地流鼻血，比同年龄人个子要矮一到两岁差距。有一个住在商店西侧叫姚佩伍的老婆婆曾经就问过我，你们家给你吃饭嘛，我的回答也很干脆，给我吃。小时候确实也是一日三餐，但每顿都等不到下顿，晚上每天都是稀饭，咸菜是多天不变的霉干菜，上面难得见到一滴油花，还特别咸，想多吃点儿填填肚子都不可能。吃过后不到两个小时肚子就又咕咕叫了，接着只能一夜到天亮饿着肚子睡觉，次日早上吃的还是头天晚上剩的粥，上学不到第二节课又饿了，如此反复营养的确跟不上，个子矮、长得瘦看起来是必然的。那时候大家可能都有马甲线，只是没有多少腹肌支撑，就是到今天当模特，人家也不收的。父亲也没有办法，收入少，孩子多，无法为大家提供相对好的食物，不被饿死想必就是大家的底线。

家里生活境遇逐步改善是从 70 年代中期，但根本好转是从 1979 年改革开放和我当兵时开始的，一来我当兵了，二哥早前经过父亲找人到了乡镇修配厂工作，家里接连少了两个吃户（我们那儿有一句老话叫，半大小子，吃穷老子，以此形容半大不大的男丁饭量厉害），二来大妹妹和老妹妹先后也参加了工作，就老母亲一个人没有收入，对比以前一个人工资要养活 8 个人，那日子简直就是天翻地覆，老父亲还慨而慷。其标志主要有几个方面：

一是父亲终于每天能够喝上一点儿酒，印象中酒叫高邮粮食白酒，每小瓶 2 两或者 2.5 两（具体记不清楚），大瓶子一斤装，大概1元多一斤。老父亲喝酒的时候经常掺入一些兴化生产的橘子原液，我到现在也不清楚，白酒中掺入橘子原液究竟是一股什么味道，他倒是幸福感满满的，喝到最后，有些苍白脸庞透出一些难得的红色，嘴角偶尔也有了一丝笑意，眼睛看人时也柔顺了许多，仿佛又回到了少爷时代曾经的丰足生活，春节也能喝上我们带回的五粮液，90年代五粮液比今天茅台还要风光的，节日里能够喝上一两瓶，那是最高的生活标志和待客礼遇。

二是父亲每天能够让老母亲上街买菜时，时常带回一些烧饼和油条（要是再加一些插酥的，则另外再给几分钱）。或者买上几个蒸饺，蘸上醋，泡上一壶热茶，逍遥一个上午，他似乎寻找到了儿童时期曾经有过的生活。天气暖和或者身体好时，更是经常带上在身边的孙子或者偶尔回来的其他孙辈，上街直接吃早茶，再到集市上转转，带上满嘴的油光回家，那阵势常常引起别人羡慕。

三是母亲每天的菜篮子里，总是有猪肉或者鱼类荤菜，锅屋内每天都能飘出各种肉香味，但大家似乎没有了以前的惊喜。遇到父亲高兴的时候，他也亲自操刀，做那些特别擅长的长鱼炒韭菜（即黄鳝炒韭菜，黄鳝我们家那儿叫长鱼）、红烧猪蹄、红烧鱼，还有素菜包子、桂花酒酿，等等，这些除了父母亲少许享用外，大多被孙辈入肚了，留给他们更多的是天伦之乐。

四是父亲的茶叶罐常年茶叶不缺，而且有品种和质量划分，说明老人家开始对不同的茶叶有了挑选和品鉴。有次我带回从上海买回的龙井茶给他，他对比了以前的茉莉花茶后，直接跟我说你带回的好，我想以后每年都带一些给他吧，遗憾的是也没有几年时间，他老人家就再没机会享用了，癌症从确诊发现不到一个月的时间，就夺去了他的生命。香烟也是这样，七八十年代以前抽上飞马、玫瑰牌就是不错了，而从80年后半期开始"大前门、恒大"是日常享受，待客有时候更是能用上"红塔山"了。

五是每天下午能够叫上几个老朋友打打麻将，老父亲牌品甚好，经常与他打麻将的老人常讲，父亲打麻将水平非常高，牌从来不要分组排列，听牌前经常将牌放倒在桌子上，绝大多数的时候都能赢上5～10块钱，再多就故意不和牌了，权当人家陪他退休生活。在我们家打牌时，家里还免费供应茶水，有些家境不好的老人，还有时在我们家吃过晚饭再回去，父亲也给老牌友倒上一些酒，既让牌友过过酒瘾，也算是陪了他又一个小康的白天和晚上。爸爸常讲，乞讨的人到我们家，还给一些饭菜，何况邻居呢。是的，父亲虽字写得不太好，但朋友之道确实不错，在传统文化和几十年乡居生活，使他能洞察生活本色，又充满乡土人情味道。因为他知道，赢多了自己于心不忍，还让老牌友疏远，因为周边大都是农民家庭，那时他们是没有退休工资的，少许玩麻将的钱都是从生活中省下来的。除了逢年过节回来，我们陪伴时间并不多，而能够经常与他们在一起的，多是周围的邻居和以前的部分同事。读书唱歌、弹拨击打他没有这个音乐细胞，摄影游玩又没有这个财力和体力，所以他主动约上几个相对固定的牌友玩玩，在小资生活中，打发时间、活动筋骨、叙叙旧的确是不错的选择，从中洞之，父亲的智慧是面对生活的知行合一。

父亲退休后的一段日子，我们全家生活发生了巨大的改

松竹梅集

变，这场改变既是国家经济和社会快速进步的一个缩影，也是老人家一辈子的苦尽甘来。他常讲，人一辈子要分三段，总有一段是受苦的，细细分析下来，他实际是在总结自己一生境遇，感恩他所处的复杂而又向好的时代命运。我常想，老人家是我们国家整个 20 世纪时代缩影，他不是弄潮儿，不是改变时代的英雄，但却是这个时代的参与者、追随者，甘于承受、乐于享受、困难时能忍，小康下乐行，其实是一种智慧体现。

　　老人家到了最后，身体日渐欠好，去世前一个月的白天还能坚持打会儿麻将，晚上疼痛时就不断哼叫，这时吃的东西已经很少，抓麻将牌时到最后只能用左手托起右手，否则一只右手抬动不了，我们当时只是以为是麻将瘾大，不知道他是用麻将转移注意力，用自己的隐忍减少对我们的影响和麻烦，当然包括他自己在内，大家不知道这是癌症。大约从我们记事起，他就每天哼哼的，而且哼声极有韵味且声音较长，后伴有咳嗽声，如"嗯—哼—哼—哼—哼，咳咳"，天气阴冷时，双手抄在衣袖子哼的；胃不舒服时，弯着身子哼的；膝盖疼痛时，抚摸着哼的；心情不好时，斜靠在床上偶尔也哼的，总之他用哼哼的声音转移身体的不适、表达内心的不满，这个独特的声音，如同他那把破旧的茶壶和伴随大半辈子的烟酒茶的喜好，从 40 多岁一直到他去世为止，孙辈们也习惯听到他的哼声，偶尔也跟在后面学上几声。加上他近十年膝盖疼痛，每天用大表姐（她是一个在南通医院工作的医生）送来的强的松激素膏，短时间也掩盖了病情，整天狼来了，真正吃人的狼来时，大家还处于过去的印象之中，都以为还是一些过去的小毛病，谁知道送到医院检查就到了淋巴癌晚期，在医院挂了十多天水，知道病情的父亲决然放弃治疗，让两个哥哥给背了回去，后来姐姐讲，老父亲当时的身体状况是不应该让他们背回家的，这一背缩短了他三五天的阳寿，当时应当用担架，但大家都缺乏这个基本知识，其实医院到老家的距离也不远，走路也就十分钟的时间，当时简单医疗知识和对生命的敬畏是如此糟糕。回家后的数天内，他冷静地处理自己的身后事，将自己仅有的现金、稍微值钱的物品进行了分配和交代，房子和老母亲的生活来源，也与大家说了个基本清楚。父亲去世是在回家大约十天的一个上午11:45左右，当时我还在上海浦东云台路一个写字楼里开会，接到电话我就蒙了，因为大哥讲近两天状况尚好，要我不太着急回来，想之后悔不已。老人家去世前三个小时还在母亲搀扶下，挣扎着去了一趟厕所，把自己最后干净了一下，足见他的坚强和隐忍，去世前十多分钟，估计当时处于昏迷状态了，还不停地叫着长鱼、长余，前进！前进！以期留下好的吉兆于后人。他不像有些人，好话当面说，坏话背后讲，活着认死理，临死犯糊涂，而我的老父亲和母亲一样，好话和坏话，人前人后都不怎么多讲，都留在心里，烂在肚子里，每每落笔和回想这一段时都潸然泪下。他在去世前不断希望和要求我回来，离开这个世界时，我和孩子也没有让他如愿，更未送他最后一程，成了我心中永远的痛。

这个遗憾，其实当时还未真切地感受到，父亲过世当天下午我从上海赶回南京，接上老婆孩子，带上从合肥赶来的二姑妈，租了一辆夏利出租车，赶到老家时已是星辰满天了，父亲在堂屋中无声地躺在用门板和条凳（老家习俗）临时搭成的床，头朝北，脚朝南，过去还算挺拔的身躯，突然间显得那么瘦小，寄放在家中的小白狗一直守在父亲遗体旁，遗体后面是闪烁的不太亮的双烛，细说生命的脆弱和流逝，片片飞扬着的纸灰，寄托我们全家无尽的哀思。生命就这么强大，他用力伴随和支撑了全家几十年的生计，生命也那么无力，一组与生命相对立的细胞组织，就将曾经普通甚至有些卑微、善良而又充满个性的父亲生命给夺走了。随着我年龄的增长，自己也已经到了花甲之年，我经常与孩子们讲，要是父亲现在还活着，那他太幸福了，住在冬暖夏凉的别墅里，喝上一点儿茅台酒，抽上一支好烟，可以吃他想吃的一些食物和想看的电视娱乐节目。现在也就只能这么说说，实际是表达一种想念和愧疚。父母给了我们生命，让我们每个人都能过上相对体面的生活，而他们没有索取什么，除了逢年过节我们能回家陪上几天，带回一些烟酒，再给一些零花钱，其他什么都没有给他们，但他们都很满意、满足，临死之前还用尽全力送出吉兆，送出祝福。难道不能让我们有所自责、有所思考嘛！我们又做得如何呢？生命在于传承，更在于反哺和进步，你们觉得呢！

父母亲虽然先后都走了，但在我与他们短短的十多年生活中，他们能给的，既有困苦的生活，也有困苦中少有的平和心态，更有对未来的坚持和努力。他们没有放弃我们、更没有甘于沉沦，那些一点点改变，都在我们生命历程中留下了深深烙印。他们走了，若干年后，我们也会随他们而去，但我们有他们的韧劲和通透吗？有他们吃苦精神和乐于助人精神吗？有在困苦面前仍然充满的乐观吗？我看未必。他们走了，留给我们的家产也许不多，但经过这几十年思考，我想父辈留给我们更多的是精神层面的传承。每个孩子的读书经历，为儿女辈的命运改变提供基本保证和机会，这是许多家庭不曾有的。下面我就将孩提时代所接触过的日常吃食和几段生活场景从我记忆中挖掘出来，让它诠释父辈一生在困难和快乐面前的故事，以此纪念之，权当追忆父亲，其他留给每个小家自己理解和总结吧。

四、一个糖醋煎蛋

一个糖醋煎蛋，在当下人的生活中属于非常不起眼的食物，但在20世纪六七十年代，却是一道让人羡慕的美食了。父亲在商店工作（那时叫站店）一天，回家时多半已是寒星满天了，母亲或父亲自己在锅屋内，先倒上几滴油待锅烧热，倒入已打入碗中的一个鸡蛋，只听到一声令人心动的声音，随着糖醋水的倒入，那股扑鼻香味瞬间就在屋内弥散开来，父亲有时伴着一杯白酒，一边就着一碗稀饭，度过了一个个疲乏的一天。农村的夜晚是清凉的，在几乎没有任何文化与娱乐生活的日日夜夜，其实大家内心也变得更加粗糙和空泛，糖醋的香味也只能在茅草房中停留很短的一会儿，清冷的空气又很快让它恢复了从前，冬日的月光还是把大地留下了浓浓白霜，想必第二天的生活仍旧那么清贫。

五、咸猪头

冬天是很冷的，在我们小的时候没有什么防寒衣服，除了一件厚重的棉袄和棉裤外，里面其实就是一套夏天穿的旧衣服，权当现在的棉毛衣裤，冷风时不时地从袖口、领口和衣服下摆钻进来，让人不禁打着寒战，鼻涕也不知不觉就流到了嘴边，在抬头擦去鼻涕的瞬间，一个已经晒得较干的猪头和猪尾巴，挂在屋梁铁丝做的钩上。要是现在孩子们可能不看一眼或者还害怕地拒绝，而我们却每天从它下面走过时，都流出羡慕的目光。

猪头肉通常是与猪尾巴一起卖的，由于价格相对较低，一般人家都买了一对，腌上十多天，然后就挂在房前让太阳晒上一段时间，也奇怪，经太阳晒上几天，随着盐水收干，起了一层白色或淡淡的红色时，猪头肉就飘出淡淡的咸香味，这时大家就开始盼望春节了。

春节前十多天我们就放寒假了，那时候的冬天是很冷的，大雪经常飘然而至，大地一片凛然，常人说得好，霜前冷，雪后寒，一场大雪后会感到非常寒冷，大家走路多半抄着手，缩着脖子急切前行。房前屋后都挂起了冰凌，天气逐渐转暖后，不时有冰凌落地后发出的声响，有时候我们也掰下一段玩，小手很快就冻得通红。几场大雪后，春节就临近了我们的生活，也就是我们那经常说的年关到了，这段时间许多人家要清理债务、实物，归还或收回钱债，当然没有黄世仁和杨白劳之间的悲剧，因为这时候家庭之间没有过多的差异，仅有很少的邻里、亲戚之间生活零星借贷。许多家庭也会腌一些咸肉、咸鱼、磨上一些豆腐，也有人家泡上黄豆或五香豆等。但我们家的猪头肉却是提前腌的，通常在冬月中就挂在我们家的房梁上，经常走在下面的我们都会抬起欲望的眼睛。

猪头肉就这样陪伴着我们度过春节前的一段日子，随着我们欲望增加，它的身躯逐渐变小。相隔一两天就被父亲用菜刀割下一小块，大约也就是一到二两，再切成薄薄的，几乎透明的肉片，用小碗盛放置于饭锅中蒸熟，随着饭锅飘出的阵阵蒸汽，咸肉的香味也在不断刺激我们的嗅觉，馋虫使我们一直惦记着它，让我们充满渴望、充满想象。

中午或晚上吃饭时，我们就会一直用眼睛盯着那诱人食材，父亲啜上一小杯美酒前，往往也按人头分上一两片给我们，剩下几片就成父亲腹中美味了。

近年我经常想起猪头肉，它的香味更是让我经常想起运河边的小村、小镇、我的童年时光。去年我让大哥腌制一个猪头，当然也有猪尾巴，腌好晒个大半干寄到我家，我当时挺高兴。有一个亲戚年初四晚上到我家，上午就将猪头加入八角、生姜、大葱、桂皮和香料，按照老父亲的做法煮上大半天，捞上晾干改刀，切成一片片和大蒜苗炒上一盘，赶紧上桌，倒上酒，准备享受一番，但一吃到嘴里，却让人非常失望，我和这个亲戚尝了一两块就不大吃了，其间我问亲戚，以前我爸做得那么好吃，现在怎么不是这个味呢，难道就是现在好吃的多啦。他分析说，猪头肉以前是黑猪做的，养上一年才 100 多斤，现在的猪不是以前的品种，100 多天就出栏了，味道不好比的，还有一个重要原因就是腌制水平的差异，他的一句话惊醒我这个梦中人，现在虽是好吃的多了，但制作水平更为重要，老父亲还是有许多真功夫的，看来属于父亲的秘方真的失传了，总结原因还是与父母亲待在一起少，交流更少。

六、风（封）鸡

这个我们小时候经常吃的食物，在当下已经是不多见了，此美食是叫风鸡还是叫封鸡，我想都有道理，叫风鸡是指在冬天户外在自然风中阴干，如果叫封鸡也有道理，因为鸡杀后处理掉内脏加盐后，是没有去毛而是直接用绳子封扎好，呈封闭状态进行自然腌制吹干，所以这个风还是那个封字，我的确无解，但不管是哪个字，这个美食留给我的记忆是非常深刻的。我们小时候是没有冰箱一说，春节的吃食多是经过腌制的，一是方便保存，二是平时准备一些，能够让成本稍有下降，三是集中在一块，让春节也热闹一些，更可以在亲戚之间走动时有一些食物安排。

制作风鸡的时候，一般也是到冬天十分寒冷的季节，大约在春节前20天至30天，我父亲就将家里的几只公鸡或母鸡用传统方法杀好后，未用热水退毛，直接用事先炒好的加过五香、八角、生姜等佐料的盐，用手在鸡毛和鸡皮表面不停用力搓擦，把盐分和香味用物理方式浸入毛皮，再用刀和剪子在鸡尾部打开一个洞口，将手伸入鸡腹腔内取出内脏，再将余下来的盐料塞入鸡腹后用绳子将鸡扎好，挂在屋檐的背阳处，让其在自然温度下腌制，在自然的空气中吹干。而这些从鸡腹内取出的内脏，一般有鸡心、鸡胗、鸡肝、鸡肠，如果运气好的话，还有几个没有成形的鸡蛋，洗净后，就成了我全家一道美食，现在来看，这些内脏胆固醇高，对身体不好，在那个食物相对紧缺的年代，大家胆固醇都低，需要靠补充营养和改善。另外从鸡胗内取出的金黄色的内膜，当时叫鸡金，我们把它吹干后，依据大小卖到商店就有一两分钱的收入，可以换一至二块糖，过一把嘴瘾，让我们在临近春节的日子也能偶尔收获一两次的惊喜。

我父亲一般负责宰杀、腌制和后期装盆，其他的事情都是由我母亲完成，这好像他们之间有默契，几十年来，家里许多安排都能随着时间而较好地实现分工合作，一个眼神仿佛就明白彼此的意思，想之也是比较幸福的一件事情。

经过20天左右的时间基本腌透了，这时也临近春节了，我母亲将经过风干腌制的鸡从房前或者屋后的屋檐取下来，将绳子取下，放到我们的洗澡盆内，将烧得快开的热水倒入其中，放置几分钟，让其热水渗入到鸡的表皮深处，使表皮松弛，方便后面的拔毛程序。大约十分钟后，老母亲就搬来一个凳子，呈卧状放置在澡盆的外侧坐定后，就直接拔毛了。一般讲，热水过后随着热气上升迎面扑来一股股带着淡淡的鸡毛与鸡身不太好闻的味道，只见我母亲非常有经验地直接抓住鸡翅膀不断用力拔出翅膀上面相对粗大的羽干，拔除干净后，再多次浸入热水中，用手顺着羽毛方向推着鸡毛，几分钟后一个退了毛的光溜溜净鸡就出现我们视野中，接着母亲再用清水清洗干净，扒开原已封上的鸡尾部，取出塞进去的盐和其他佐料，最后再用清水漂洗，一只风鸡就干净地呈现在我们的面前。完成全部的清洗后，母亲就将几只已经清洗和整理干净的风鸡放入已经烧成热水的锅中，用急火烧开，保持几分钟后转为慢火炖，这时候风鸡的咸香味就逐渐弥漫开，不断冲击着我们的嗅觉，使我们经常找借口去锅屋想让老母亲给我们一块解解馋，大约两个小时，风鸡就算烧好了，母亲将整鸡从浓汤中捞出，放到盆中自然冷却，待到风鸡尚有余温，我父亲就将装有风鸡的盆端到堂屋的方桌上，用手将一只只风鸡撕开，老父亲手法了得，一会儿工夫就将几只风鸡分成几个盘子。只见鸡皮部分连着鸡肉，部分鸡皮直接放在盘子上，整个肉和皮处理得非常有水平，因为有二十余天的风干，鸡肉显得比较筋道，整个鸡肉和鸡皮都呈条状按照一个方向陈列在盘子上。往往这时候是我们比较幸福的时候，只要有机会碰上，总能尝到几块。回想一个小时前光是味觉享受，现在可是味蕾和肚子享用，在那个资源比较匮乏的时代，这可是上等佳肴啊，幸福感几乎 100 分，可是我父母亲没有因此而尝上半块，因为他们知道，这些美食要等到春节或待客才能上桌，后面需要用到的地方还很多。拆下鸡肉后的鸡架重新入汤去烧竹笋菜或做其他汤、基料了。现在想起来这道菜，自己也尝试过，但始终做不好，我想其中既有自己手艺问题，更重要的没有了地道的食材和经常饿的肚子，另外就是浓浓的乡愁了。

七、红烧蹄髈

红烧蹄髈我理解更应当叫红烧肘子，但因为我们老家都这么叫着，我也就顺其自然了。父亲做的红烧蹄髈在其制作过程中，用心地加入了红枣和一丁点儿砒霜，正因为有这两样调料，味道与我平时吃的就根本不一样，红枣起调鲜作用，砒霜学名叫三氧化二砷，本属于有毒之物，但在食物中加入微量此物，那肉吃起来就不会腻，时下我们偶尔在饭店吃的镇江肴肉就有这个成分。其实任何东西都不是绝对的，物极必反就是此理，一定数量范围内的就是调料，有改善口感之功效，超过一定数量就是有毒的。想之我父亲可能受此启发，这道菜可用四个字概括：香甜不腻。

父亲通常在早上买回新鲜的蹄髈肉，用少许盐、八角、桂皮和火柴头大小的砒霜，将肉从中剖开并按照肉的纹理方向再切上半深的几刀。腌制 2 个小时左右。取出后洗去血水、除去用于腌制过程中的调料，用刀切成常规的肉块，将铁锅加热，倒入菜油，待加热后，放入冰糖，经过一段时间成红色，倒入生姜片、葱丝和洗净的蹄髈肉块，不断翻炒，其间放少许老抽，待肉变色时，加入刚好没过肉的水和10多个红枣，盖上盖子，先大火后中火烧大约40分钟，将汤汁收浓，直接装碗上桌。此菜香味扑鼻，甜而不腻，吃的时候往往会拉出油亮亮的丝来。孩子们非常喜欢，父亲看着孩子们狼吞虎咽的劲儿也显得很有成就感、幸福感。一会儿工夫大碗里面的肉就没有几块了，我们赶紧提醒小孩子嘴下留情，还招来父亲埋怨的目光，望着孩子们的吃相，我想这食物我们小时候怎么就没有吃过呢，是父亲忙不想做，还是当时条件不容许如此奢侈呢？其实答案就是我们的日常生活里，一是当时经济条件不允许，二是老父亲整天忙于上班，三是孩子太多，烧少了不够吃，烧多了没有那么多钱，干脆就不做了。现在能尝到，完全是沾了子女的光，也沾了这个时代的光。

八、黄鳝炒韭菜

现在的鳝鱼多是养殖的，而我们小时候吃的全是野生的，不管是我下田抓到的，还是买的。而黄鳝炒韭菜则是我父亲经常在春夏秋三个季节出手的绝活，特别是夏天。我们小时候，老家人对黄鳝、甲鱼的营养成分不甚了解，宁愿吃猪肉和其他鱼，也不怎么吃黄鳝、甲鱼，依现在眼光看，真是太没有营养知识了。

小时候，我们在夏天经常看到甲鱼爬到水面的草堆或浮在水面的木头上晒太阳，有时远远看去有许多只，只是人到了附近它们才潜入水中。偶尔也能看到有比较厉害的农民，拿着一根装有多个铁尖带着倒刺的细长竹竿，沿着河边寻找，看到后就向甲鱼投掷而去，运气好的活，也能扎上一两只，拿回家做了吃，我们家人没有这个水平，只能将目光投向了比较好抓的黄鳝了。

我家吃的黄鳝绝大部分是在农民那儿买的，黄鳝在我们老家那儿叫长鱼，野生黄鳝吃起来非常有筋道，不像现在养殖的。也有偶尔是我在晚上用于第二天插秧的已经平整好的水田里捕捉的。

暑假的时候，通常也是夏天最热的时候，我们这些放假的小学生整天无事可做，除了上午一起做一些莫名其妙的事情外，午饭过后就是在河里度过，下午3点钟度后，又是属于我们自己的时间。为了抓到黄鳝，我将竹片断成三段，两片夹一片，做成老虎钳式样，其中较短的一头用菜刀砍成锯齿状，用其良好咬合力将晚上暴露在稻田上的黄鳝夹住，使之不能溜掉。

天黑透的时光，通常都是晚上八点以后，我和妹妹，带上二三斤柴油、铁丝绑扎一端带有棉絮的火把和口小肚子大竹篓，以及已经做好竹夹，直奔白天已经侦察好的稻田而去。偌大的田野，水还是温热的，只有少许凉风，告诉我们已处于空旷的田野。田埂之上是农民或生产队的各式农作物，比如，黄豆、葵花、瓜类，河边、远处的渠道上杨树摇曳婆娑，更远处是生我养我的村庄，那或明或暗的亮光，似乎引导我们回家的方向。水田周围也有几处坟茔黑黢黢或高或低地立在不远处，让人有一些害怕和紧张，心里想不看它，但不知道怎么又偶尔投去几撇，似乎想观察它的异动，当然是不可能的，想必也是我们鬼故事听多了。兄妹两人卷起长裤赤着脚，我走在前面，妹妹走在后面。本人举着火把，拿着

227

竹夹，紧盯着泛着涟漪的水面，用心找着水下的黄鳝，一旦发现，就放轻脚步，靠近后用竹夹迅速夹住，放入妹妹背着的竹篓里。有时也看到水蛇趴在水面下，我们并不惧之，或走开，或用竹夹夹住后，狠狠地往远处甩去。但如果看到银环蛇等有毒的蛇类还是绕着走的。一晚下来，原本平整的水田上留下了我和竞争对手的若干行小脚印，竹篓里或三五两到二三斤不等的大大小小黄鳝，成了我们第二天美好食材。如果只有三五两，老母亲通常是直接杀之，剁成几段，红烧或在饭锅内蒸熟。如果有一斤或八两以上，则由我父亲来施展功夫了。

第二天早上，父亲从商店抽空回家时，母亲已经将韭菜洗干净、切成段备之，父亲一到家，母亲就生火，父亲立即将黄鳝倒入已有少许水的锅里，等到水烧热，就听到黄鳝在锅里挣扎的声音，待声音渐无，水就快开了，父亲用筷子将已经快烧熟、卷成圆形的黄鳝装入有凉水的盆内，在砧板上，一手抓住黄鳝头，一手用竹片制成的竹刀将黄鳝沿着头向尾部分脊背两刀、腹部一刀划开，剩下的黄鳝头和骨架集中在一起，去掉内脏与冬瓜煮出一道鲜美的汤。黄鳝肉和已经切好的韭菜则做出一道扬州有名的菜，叫黄鳝炒韭菜。

在洗净的铁锅内倒入少许菜油、生姜丝和细葱，待锅里发出油香，就将黄鳝倒入锅内翻炒，随后又倒入些许酱油、剁碎的蒜头，再翻炒二三次，装入碗内，随后再洗好锅，倒上点油，烧热后，再倒入韭菜翻炒，待韭菜稍微变色，即加入部分细盐粒和已基本烧好的黄鳝翻炒几次，最后倒入平常不舍得用的黑胡椒粉，装入碗里，便成为今天中午一道鲜美的大餐。随着黄鳝炒韭菜的上桌，鲜美的香味立刻弥漫在屋内、我们的眼睛仿佛掉到菜碗里。想起那道美食，现在用什么语言好像都不能形容它带给我们的幸福感。

当然，绝大多数的黄鳝是我父亲买来的，通常两毛到三毛钱一斤，现在可能一钱重的都买不到了，特别是野生的黄鳝。随着农药大规模使用和各式各样的捕捉工具普及，野生黄鳝日益变少，我们应当呼吁减少农药的使用，特别是低毒性农药研发，也呼吁减少先进的诱捕工具使用，用长江十年禁捕的方式，给野生黄鳝一次繁衍生息的机会。让我们子孙后代也能吃上一些原生态的东西。

九、桂花酒酿

我们小时候吃过的桂花酒酿实际上是低度的糯米酒和酒糟的混合物，70 年代中期，随着家庭和社会经济条件略有好转，父亲逢年过节，当然最重要的是春节，偶尔会用糯米做一次桂花酒酿。每逢糯米酒香透过厚厚的棉被、或有或无地传入我的鼻腔时，通常都是年味渐浓的时候，也是我们放寒假的时光，那时没有多少寒假作业，整天无所事事，一旦有美食的味道，经常带着强烈的探寻之心和吃的意图而围之转悠，肚里馋虫总是勾起强烈的欲望。

父亲做的桂花酒酿，很重要的是有桂花加入，在乳白色半透明的酒酿上洒着一些黄色的桂花，使桂花香味与酒香融为一体，特别诱人。

通常在一个寒冷的早上，母亲会到姚家庄南的河边小码头上，淘上五斤左右的糯米，与其他菜一并拎着回家，而我们的任务是每隔两天左右时间，用比较大的水桶将水缸水装满，这些水用矾净化后，主要用于吃的，而用的水，主要是老妈将需要清洗的物件，用篮子拿到村南边的水码头直接洗涤。

　　淘净的糯米到家后，接下来的事情通常是父亲完成的，他将糯米用蒸笼装上，让母亲用大火烧之，待糯米彻底蒸熟后，再取下凉之，父亲洗净自己的手和盆，将凉透后的熟糯米，拌上酒药，相当于现在的酵母，用手不停地翻搅，待酒药糯米饭均匀时，再压实盖上一层干净的纱布，放入厚厚的被子里，旁边再用铜质热水壶给它补充温度，大约24小时掀开被子时，可以嗅到一丝馊味和淡淡的糯米香气。接着父亲在糯米饭中间压出一个小坑，用于收集米酒和品鉴成熟度。中间放置一个专用的瓷勺，此专门用于取食和酒酿翻转之用，听说这个专用汤勺很重要，否则随意换汤勺或筷子，使发酵过程中的酒酿可能会被其他细菌污染，大概率会造成所做的酒酿失败。经过不断地换热水壶，持续给它加上应有的温度，逐渐地酒酿香味透过厚实的被子传到还是空乏的房子里，但带给我们的希望和预期确是幸福的。现在经常有人讲要关注诗与远方，我们则是明天的酒酿所带来的幸福，大约能够食用的前24小时，父亲才放入洗得非常干净且泡好的桂花。一天过后掀开被子时，扑鼻的香味，瞬间填满了胸腔，我的眼睛一下子亮了起来，长久不遇的美味占满了我所有的想象。现在想起来人类为什么喜欢饮酒，看来基因就有了，往深处说是人类早期饥饿的长久记忆。父亲用放在旁边的专用汤勺，将有二三度的酒酿装上一碗，让我们分食之，他老人家要再等一两天，让酒度再高一些食用，权当饮酒。我们这些无所事事的孩子，尝到甜头后，趁父亲不在家，母亲忙于其他事情时，也会用汤勺偷偷地喝上几口，或者干脆吃上几勺酒酿，往往吃多了小脸微红，自然也逃脱不了他的眼光，想必只要酒酿没有坏掉一般不会挨揍的，但如果由于我们嘴馋和不规范的取食，而导致酒酿真正馊掉，那我和我二哥通常会受皮肉之苦的，现在也不知道的是究竟因为酒酿好吃，还是久之得不到的稀罕，总之这种不地道的吃法，也有一两次让父亲努力付诸东流。之所以写上这一短文，特别是用许多文字注明"酒药、桂花、干净、年关、温度、被子、热水壶"等关键词，努力想使大家明白我们小时候获取一道美食是多么不容易的。当然长久的期待，也提高了对酒酿感性认知，以及通过酒酿获得幸福感的外溢。

十、搓麻将

麻将是国人一大发明，至于何时、何人发明，莫衷一是，比较靠谱的说法为明朝郑和所发明。无聊的时候，大伙就通过掷骰子，再赌些小钱作为刺激，以期度过漫长的海上时间，慢慢地随着形式和内容的不断变化，并增加和固化一些规则，逐渐演变成为今天之麻将。麻将牌有多少张牌，其实它既不像扑克牌那么固定，各地的具体数量也不一致，但其中的条、圆（有些地方叫饼）和万字牌的数量是相对固定的，分别从1到9，每个数字各有4张牌，共计108张牌，另外，各地分别配有多少不等的东、南、西、北、中、春、夏、秋、冬和财字各四张。麻将在各地有不同的玩法，小小的麻将牌深刻地反映了国人许多传统思想、心态、策略，也能反映东方文明与智慧。有个人形象地说，来麻将（来麻将是我们老家对打麻将的叫法）要跟着上家，防着下家，盯着对家。这短短的几句话，将中国农耕文明、家庭为主的经济与社会的哲学思想，经济上自给和封闭的心态解读得很清楚，也反映了部分人群彼此防范意识特别强、在利益面前多想独有，少有游猎民族的合作意愿的现象说得非常深刻。

麻将在中国的普及程度非常高，尤其是随着中国经济快速发展和百姓生活条件改善，大家尤其是老人，能够有时间坐下来玩一玩。许多老年人不识字或者识字不多。但对麻将上面的文字和符号确了然于胸，牌打得非常有水平。由于中国幅员广大，麻将在各地有许多打法，其中最出名的还是四川、湖南、东北和江苏打法，尤其是四川，由于四川是人口输出大省，四川麻将的玩法，就像火锅一样传到全国各地。有人戏说，飞机飞到成都上空，都能听到洗麻将牌的声音，这当然是笑话，但成都人玩麻将的确很用心，说是夏天天热，就约上几位牌友，到郊区的河滨附近玩，一来看看风景，二来消消暑，三来也过过麻将瘾。在从上游引入岷江凉水的河上，放置许多半浸式的竹筏，竹筏上放上一张麻将桌和四个凳子，以及放置茶水零食的小凳，打麻将的人在享受大自然美景和麻将带来快乐的时候，也让双脚放在清凉的水中，使人非常放松又能纳凉，细想起来也只有四川人想得出来的玩法，真是应了"少不入川，老不出川"这句老话。

十多年前本人看到的一个短文，它配有一幅漫画，上面是六位美女玩麻将。美女中四位打麻将，另外两人是服务生。四位女子通过肢体语言和长相，分别代表着中国、美国、俄罗斯和欧洲，做服务的是日本人，另一个少女代表台湾，她卖弄风骚想讨好美国，但美国却把关注的目光投向对面的中国。代表俄罗斯的美女打牌时将把眼睛放在远处的天花板上，双腿盘坐，仿佛这个牌局与她无关。代表欧洲的美女，她不出牌时无所事事，双手托腮，眼睛里空洞无物，不知道将双腿放在何处合适，只好单腿盘坐。而代表美国的美女一脸傲骄，以为就要和牌了。只有中国已真正听牌，在认真思考再出哪张牌比较安全有效。而没有在牌桌上的日本美女不断地为代表美国的美女续上咖啡，态度极为真诚、谦卑。这幅漫画是否为应景之作，还是故意为之就不得而知了，不过通过打麻将的漫画，来反映世界政治、经济和军事状态确有新意，令人耳目一新。

　　我父亲就是其中会打麻将的一位老人，且牌术比较高明。前文讲过，老父亲在家里置办了一个简易的原木麻将桌，当然不是时下自动洗牌的那种，而是比八仙桌略小略低。可能为我父亲独创，木匠师傅按照我父亲要求的尺寸打制，老式八仙桌由于尺寸偏大，不太方便，一些个子不高的老年人，需要欠着身子，甚至半站起来才能抓到对面的牌，因此把麻将桌做小一些是现实的考虑。桌子的每一边中间有一个小抽屉，可以放置小零钱。桌子四个角方向，放个小凳子或简易的茶几，用于放茶杯和香烟。比较固定的牌友基本上是下午吃了中饭就陆陆续续来了，喝了几杯父亲泡的茶后，清了清嗓子上了桌，放一些零钱就开打了，周边也有来迟了没有机会上桌的老人，他们站在周围东看看，西望望，充满轻松神情。四个角落茶杯不断升腾着茶气，和他们一道陪伴着四位老人，度过一个个充实又平凡的下午。

　　父亲小时候的家境还是比较殷实的，麻将技术可能与此相关，因为成年后，结婚生子事情多，加之有较长一段时间不允许打麻将，所以我判断父亲比较高超的麻将水平，多来源于少时或者成年初期的阶段，否则没有钱，人家也不会让你上麻将桌。

父亲永远坐在桌子的北面，坐北朝南的位置，这个位置我们老家讲是正位，相当于现在的主人座位，也就是说我们家麻将桌上，只有三人是可能存在变数。除了去厕所，父亲一个下午坐在桌子上，边来麻将，边抽烟喝茶，不管输赢，父亲永远是神态平静，不太看出手中牌的好坏，他取好13张牌后，低头看了几眼，用手将手中的牌自左而右捋平整，然后就将牌有字的一面朝下扣倒，一圈下来抓一个牌，遇到需要的或者以为打出去有风险的就直接替换，否则直接放到桌子中间，然后看着别人打牌。等到听牌时，他也不失自豪地说上一句，我听牌了，然后就等着自摸或者别人为他点炮。别人点炮的和牌通常按照牌色，比如七对牌、清一色，还有其他依据复杂程度而定的标准（具体规则我不太懂，父亲打麻将能力，本人未能得到真传），分别从1毛钱到3毛钱不等，由点炮之人单独支付，另外两人无关。如果自摸则另外三人都要给钱。牌桌上多是父亲多年的朋友，也有工作单位的同事，而更多的是邻里的同道之人，一个下午通常二到三圈牌，输赢在10元左右，那时我父亲退休金在70来块钱，遇到牌好，赢到的钱超过10元钱时，就不怎么和牌，到最后阶段，甚至还将超过预期赢到的钱，通过点炮的方式回吐给输得较多的人。

二三圈牌打完，天也就黑了，家里又回复到平常的安静状态，只有房子后头的横泾河上传来机帆船声音，以及河堤上人的讲话声打碎此刻的宁静。天空中繁星点点，银河在四季的变迁中向不同方向逶迤而去，偶尔也有流星划过，告诉我们生活的恒常与变化，就像父亲和母亲退休后的日常生活，似乎每天都一样，但细微之处还是有所不同。

因为几乎每天打牌，来的人中有些不太注意卫生和细节，除了不停地烧开水泡茶外，牌友走后母亲还要用扫把将地面打扫干净，遇到有人吐的痰则先用煤灰覆盖，然后再做清理。这些不断重复的事情，偶尔也让老母亲嘟囔几句，父亲多半不吭气，有时也责备她，好在他们几十年就这么过来了，彼此已有默契。谁先讲话时一般对方不再言语，除非让对方不能忍受，就像此刻的黑夜一样，一会他们又恢复从前状态。其实儿女不在家，老夫妻之间相互说上几句，也不失为一种交流。

有时候，遇到个别独身牌友或者是想蹭酒喝的老人时，父亲一概留下，还客气地让其坐下，为对方和自己倒上酒，说些天气或与家庭无关的话题，几杯酒下肚，两位老人脸色微红，再吃一些米饭或者稀饭，就算晚餐结束了，父亲送走人家后开始洗漱，第二天又要重复今天的故事，那将还是一个十分有趣的日子。

十一、烟酒茶

烟酒茶是我父亲一辈子喜好，只是在六七十年代，由于经济水平低，大家生活都紧巴巴，没有什么余钱消费这些奢侈的东西，而我父亲在生活比较困顿之余，总是想方设法，实现一些烟酒茶带给他的享受。

烟是许多男人的喜好之物，有人讲男人抽烟，抽的是寂寞，我不得要领，我寂寞时也没有想过抽烟，可见，抽烟不是寂寞的代名词。当兵在济南时，本人当通信员，负责营部领导指示命令的传达，也负责照顾领导生活起居。有次我在房间里学着抽烟，不巧被不抽烟的领导推门撞见，他一脸严肃地批评，这是我人生抽的第一支烟，也是最后一支烟，现在想起来，还是非常感谢他。

虽然我不吸烟，但不反对别人吸烟，比如父亲就非常喜好，几乎一天一包，而我母亲说，不只这些，只多不少。"文革"期间供应偏紧，市面上的香烟好的品牌是大前门，好像三毛九一包（再好的，平民百姓就享受不到了）。一般化的有飞马、玫瑰、黄金叶，大约两毛大几一包，最便宜的是叫经济牌，好像是八分钱一包。前者是公社领导和我们家春节买的，中者是父亲日常消费之用，后者恰是当地部分农民消费。香烟现在虽然遍地都有（除了未成年人不可买以外），只要有钱什么品牌香烟都可以买到，但那个特殊时期，供应最为紧张的时候，甚至是凭票供应。

父亲在农村的商店工作，过去设在村庄的商店主要是提供一些日常生活用品、如香烟、火柴、火油、酱油、盐巴、咸菜、针线和一些凭票供应的物品，也负责收购一些鸡蛋、鸭蛋，这些东西与百姓生活息息相关。父亲经常是叼着香烟做生意，看到熟人和领导来，就从外衣口袋中抽出一支烟来，同时很自然地从嘴中取出正在吸的香烟，弹掉上面的烟灰后递给对方，让其对火抽烟。早上起床前，父亲通常将枕头横立起来，让身体斜靠在床头，先抽上一支烟再起床。饭后很自然也吸上一支，有一句话"饭后一支烟，快活赛神仙"大概说的就是这个意思。晚上临睡觉前，也躺在床上抽上一支烟才进入梦乡。老家的人抽烟不避什么女人、小孩子的，烟灰也是到什么地方就弹到哪里，根本就没有烟灰缸一说，因为那东西不是时代的必需品，家里也不像现在讲究，地上多是泥土夯实而致，家境条件好一些的，也仅是平铺上一层砖头而已，每天用扫帚将包括烟灰、鸡屎等东西扫一下即可。由于一辈子抽烟，他的衣服上、被子上，甚至房间内都嗅到一股烟草味，只是后来老家房子重新修建、特别是到我们南京的新家生活一段时间，父亲抽烟的烟灰还是比较自觉地弹入烟缸，只是他不太习惯受到这种约束，坚持了两个月就返回老家，继续过他的无拘无束生活。后来随着生活水平改善，父亲逐渐抽上了大前门、恒大，后期还抽上红塔山、玉溪和红中华等比较好的香烟，有次我带给他凤凰牌香烟，那烟添加了特殊化学香料，抽的人嗅不到，旁边的人却老远都能嗅到那独有的香味。抽了几次我父亲就不抽了，问他，他讲这烟不好，不如红塔山。他后来一直以抽大前门为主，偶尔也抽一抽红塔山之类香烟。

现在亲戚、朋友之间的人情往来也有送香烟、老酒的现象。我家有一个堂哥，他年轻时候当过村支部书记，后来做了乡镇自来水公司经理，一辈子也是做领导的，可就是不抽烟、不喝酒，弄得到现在我们逢年过节也不知道送什么好，甚是苦恼，心里经常发问，他怎么不抽烟喝酒呢？印象中的领导绝大部分是抽烟喝酒的，而他这方面为什么属于另类，我一直感到纳闷。

酒也是父亲喜爱之物，就我们家而言，兄弟三人都能喝一些，只是我的酒量偏低，年轻时候半斤也能挺，现在60多岁，一次二两就头重了。2022年疫情期间被封在家里两个多月，工作上事项也不多，每周也就开上一两次会，工作安排和交流一下即可，平时很无聊。有两次忽然想到喝酒，于是就从酒柜里取出喝剩的茅台酒，每次也就喝了二两左右。大孙女负责倒酒，小孙女负责将酒杯递入我嘴边，在享受儿孙之乐时，其实没有品尝出酒的特殊感觉，更没有对酒产生依赖。而我大哥不一样，他现在每天基本上两次，中午过一下嘴瘾，晚上还是要喝上二两的，他说喝了酒晚上睡觉好、脚不冷，其实他说的话与父亲二十多年前讲的一样，年轻时候他也曾经为此与父亲打了不少年的嘴仗。有时我在想，喝酒难道也有遗传吗？而且至老年才真正接过酒杯，我得不到真解。

记得我们家和周围邻居，一般都是喝白酒，黄酒一般在南通南部和江南的吴语区域生产销售，啤酒则是到70年代后期才听说。白酒一般分为酱香、浓香、清香型等，当然也有其他特殊的香型，如董酒的药香型、竹叶清的香型等。家乡多以喝当地的大曲酒为主，它也是浓香型。

父亲喝酒从我记事起，大约可以分为三个阶段，"文革"中期前为第一阶段，"文革"中期到80年代末为二阶段，80年代末到他去世为止可作为第三阶段。

第一阶段属于特殊的年代，供应不充分，大家都没有什么节余，用现在流行语讲地主家也没有什么余粮。市面上有酒卖，但多数都是本县或者本省生产的，如高邮大曲、宝应大曲，就是这类已经很普遍不能再普遍的白酒，当时来讲也不是想喝就能喝的，至多偶尔小酌，或者逢年过节，或者重要的客人光临，才能买上一瓶酒回来。印象中父亲，平时每周也能喝上一到二次，每次约1两，大部分时间都加了一些水（后期兑加采购于兴化的橘子原液），他说酒浓度太高，兑水后好喝一些。在经济条件最为紧张的70年代初期，老父亲实在嘴馋，无酒可喝时，要我带上半块凭票才能供应的肥皂（属于免费、免票送给他的，这也是父亲为数不多的特权），到乡村赤脚医生那儿，说家里有人腿被刀弄破了需要消消毒，于是赤脚医生看在肥皂的面子上，也送给一瓶约 500 毫升医用酒精。于是就有亲眼看到父亲喝掉约二两 75 度酒精的惊奇场景。事情于一个炎热的傍晚时光，太阳还挂在西边的高处，他穿着白色背心和洗得有些发白的旧长裤，坐在家门口的一个临时用门板搭的饭桌旁，一条腿架在条凳上，另一条腿依旧放在一双旧布鞋上，借着凉拌黄瓜、蒸茄子和难得见到的肉丝炒韭菜，一个人将二两医用酒精慢慢喝了下去，想必那时候的医用酒精是粮食酿的，否则可能出事。不知道是酒精度数高烧嗓子，还是高兴，每喝一口就扎巴上几次嘴，随着酒精悄悄入肚，脸色慢慢变红，额头两旁也少见地流下了汗，人也变得与平时不一样，看着我们的时候，也见到难得的温情，想必父爱一直在心里，但被艰难的生活压得没有宽松的环境和愉快的心情而流露。人们常说一人不喝酒，两人不赌钱，这种说法被父亲无情击碎。另外，平时喝 40 多度的高邮大曲时，还加水稀释，而喝 75 度酒精时，为什么不需要兑水呢？

第二阶段是从 1975 年左右开始至 1985 年的十年左右时间，这期间，经济条件逐渐转好，一是社会经济条件持续向好，特别是国家将重心转向经济建设，二是我们家二哥、本人和两个妹妹陆续走上工作岗位。父亲将家搬到横泾镇（因镇政府坐落在三郎庙，据说与《水浒传》中的故事高度相关）一段时间后，家里没有工资收入的只有母亲一人。她老人家几十年来整天忙于家务，习惯了孩子进进出出，我当兵坐船到高邮，就是她老人家送的，到了高邮，大哥也赶了过来，在离开家乡最后一个白天，我是和母亲、大哥在红旗街路上的一个远房亲戚家歇的脚，印象中他家姓向，送一个硬面笔记本作为礼物。

随着我们子女工作，家里经济压力小了许多，一个人工资再也不用养活六人，反而有子女们反哺，老父亲终于可以伸直了腰，精神也仿佛好了许多，酒不再是偶登我们家的餐桌，放在条几上的多瓶白酒，告诉我们父亲开始一天两餐的饮酒阶段了！

父亲的酒多半是自己采购于附近的商店，少部分来源于子女或亲戚赠送，父亲中午就着菜喝上一两左右后，吃一碗稀饭，稍微休息一下，就着手下午的麻将了，晚上通常要多喝一些，二两左右，有时酒里掺一些橘子原液，我也喝过一次这种掺了橘子原液的酒，感觉有股说不出的味道，但感觉父亲很习惯这种混合方式。由于我在南京工作，二哥经常出差在外，老大在三郎庙西南约10来公里的秦家村商店工作，不常回来，通常喝酒都是一人自斟自饮，自得其乐。如果有我们一起参加的话也只是节假日，特别是春节。80年代交通没有现在好，私家车还是奢侈品，一般家庭是不可能有的，因此，全家欢聚只能是国庆节或者春节期间，但就是这样，也不知道是什么原因，我们家酒席气氛通常也是淡淡的，没有许多人家的热闹劲儿。

第三阶段是我们大家庭经济状况有较大改善后的阶段，大约有十年时间，父亲用最后的十年，享受了他小时候的曾经有的幸福时光，同时又增加了儿孙满堂的天伦之乐。

这时候，父亲的生活状态应该是我们记事起最好的阶段，记得我上大学的暑假，从重庆买两瓶绵竹大曲带回家给父亲，在整个暑假期间，父亲也只是与同事喝掉一瓶，另外一瓶何时下肚或者给了谁，就不得而知了，而平时基本上喝的都是本地高邮大曲或者宝应大曲。其实就品质而言，我不认可老家酒品质，我们老家地处里下河地区，地势低洼，附近河流的水，包括未处理或处理不彻底的水，都流到了高宝兴地区。一个水质不高的地方，根本就不会产出高品质酒，加上我们家不生产高粱等，全靠大米发酵，因此全国生产优质白酒的地方，多在四川、贵州这些山区，一是山上流下的水，处于上游比较干净，另外地处山区和偏远地区污染少，二是全国十大名酒，江苏虽然有洋河大曲，但洋河大曲水源地就有一个泉水，其产地地势也高于高宝兴地区约 100 多米，否则也不会生产出好酒。但本地酒也有特点，就是便宜，70 年代 1 元多一瓶，80 年代 2 ～ 3 元一瓶，用现在行话讲叫口粮酒。当然父亲也常喝到比较好的酒，比如洋河大曲、五粮液，好像也有茅台。

正像前面所说，由于我们多数时间在外地，逢年过节回家，大家才能一聚，回老家免不了要带一些礼物，先期给母亲都是一些零食，如红枣（母亲有低血糖）、上海的大白兔奶糖，后期就稍稍背着父亲给母亲一些钱，让她自便。给父亲则是永远的三样："白酒＋香烟＋200 元"，初期是现在啤酒盖子的普通洋河酒和大前门香烟，后期是"五粮液＋红塔山""红中华＋500 元""1000 元"。第一次父亲望着我们给他的红塔山和五粮液爱不释手，端详了长久，认真地收了起来。次数多了父亲就有了心事，有一次过了春节，他就送到老妹妹工作的商店，换成大前门和普通的当地白酒，老妹妹告诉我，爸爸用一条红中华换了几条大前门，用两瓶五粮液

241

换了几箱高邮大曲。认真思考起来，老父亲还真是不乱花钱的，他用他认为合理的方法安排自己的生活和收支，其实也是一个智慧。这方面我们许多子女并不如他，即使他离我们而去，但他量入为出、坚韧豁达、善良济贫的品格值得我们后人传承、缅怀。

最后说一说父亲关于茶的故事，茶叶是中国人特殊喜好，就像西方好喝咖啡一样，可能受物资供应和运输影响，江苏一带以前都是喝绿茶，少有红茶、白茶。所以老父亲一辈子与绿茶结下了深深缘分，只是先期也爱喝茉莉花茶（也是绿茶一个分支）。绿茶与我关系也是浓厚的，从毕业工作开始直到退休都是喝绿茶，只是近两年才喝老白茶。

印象里我们家里茶叶品质是比较差的，有时只有茶叶末。70年代前期物资供应比较紧缺，茶叶也是一样，当时凭票供应的东西特别多，比如：粮票、油票、布票、肉票、肥皂票、火油票，县城还有豆腐票、蛋票，后期还有工业卷，规定几张买手表、几张买缝纫机或者自行车。茶叶当时在我们老家也属于稀罕之物，农民少有饮者，父亲身上残留的富家少爷生活印记，喝茶就是特征之一。

我们家泡茶的瓷质茶壶有两个，一个是呈扁圆紫砂壶造型，抓住旁边的把手倒茶叶水，约500毫升左右。另一个比较大，一热水瓶要倒进一半以上才能倒满，约2000毫升。由于用的时间长，多有破损，其中大茶壶的嘴，还用一个塑料管接上，把手用铜电线续上。

70年代初期，茶叶供应紧张，父亲就将不能卖出的茶叶末低价买回来，仅当茶叶饮用。他饮茶量非常大，也由于他这个习惯，我们家每天要坐炉子，光热水瓶就有4～6个，其中大部分供他泡茶用。父亲很瘦，衣服总在他身上晃来晃去，唯有热水瓶或者茶壶在他手中异常平稳。他每天光开水要喝掉 2～3 瓶，以一个热水瓶 2.5 升计算，每天饮水 5～6 升，甚至以上。可以想象这厉害劲儿，怪不得我妈讲，你爸爸吃的东西全被喝的水冲走了，他能不瘦嘛！听说现在有些减肥方法，就是让人多喝水，还听说水喝多了会水中毒，这个真的不懂了，因为我从来没听说过老爸水中毒，难道他对水中毒有免疫功能？

父亲一般不做什么家务事，父母在家中分工似乎多年之间有了默契，在家中父亲最多就是坐炉子、做好吃的，偶尔扫地。早上抽了第一支烟后，他就起床坐炉子，同时将烧水壶加上水，待炉子里煤变红，就将其放到炉子上。同时将茶叶用手抓一部分放入壶内，一挨水开就直接倒上，一会儿茶叶特有的香味就随着热气在房子里弥漫开来，香味特别好闻，望着父亲喝茶的幸福样子，我们也依次加入喝茶的队伍中，父亲也不反对我们和他一起喝茶，但非常恼火我们将一壶茶叶水全部倒光，使再加热水后的茶味一下子淡了很多，饮者感到异常寡味。遇到没有茶叶时，茶叶末也是备选，茶叶末我们也不喜欢，喝它时茶中全是末子上下漂浮，泡茶初苦味较大。这也是没有办法的事情，有总比没有强，许多农民家就连茶叶也喝不起，看到我们喝茶时，许多同学和小朋友还心生羡慕呢。

平时还不要紧，如果遇到寒暑假，老父亲头就大了，他泡的茶叶，不消一会儿就可能倒入我们的肚子，仅当消喝之用，喝完又跑到连自己也难以记得的地方玩了。茶壶的水一干二净，再续上开水，茶叶味道就非常淡了，我们这些小孩子是不懂的，即使父亲讲了多次，也由于贪玩随时忘到脑后，他望着所剩无几的茶叶末和已经喝干净的空茶壶，只能干着急，因为我们不在他的眼前，否则耳朵会倒霉的。

随着生活条件改善，父亲再也不喝什么茶叶末了，茶叶的品质也渐渐提高了起来，比如，有一阵子特别喜欢喝茉莉花茶，后又改喝毛峰茶，最后还是以扬州、仪征、溧阳附近的茶为主，统称绿茶。退休后，父亲通常将喝茶与吃早茶放在一块儿，自己或老妈买回烧饼或油条、包子、蒸水饺等，我们离开家后，他通常就泡小茶壶了，至于记忆中的大茶壶在哪里，也不得而知了。有时候他也先喝上半壶茶，上街买上一碗阳春面，加两个蒸水饺，吃完回来再加大劲儿喝茶，下午家里会热闹了，抓紧让自己清闲片刻也是一个好的选择。

90年代开始，父亲开始对绿茶有了更好品鉴。我到上海工作后，开始带些龙井茶回来给他尝尝，当时我们初到上海经济条件和茶叶渠道不尽好，茶叶档次不是很高，印象中只有几十元钱一斤。但就是这样的茶叶，父亲也感觉到非常好，直言比他以前喝的好多了，于是每次春节回家都带上一些，父亲平常舍不得喝，收藏起来等我们回家，或者有脸面的人到我们家来才能泡上，但绿茶一般条件下是不可长期保存的，父亲也只有在茶叶颜色变黄，口感变差时才会独自享受。

平淡而又悠闲的生活，就这样在父母的日常中悄悄流过，留给他们的是与过去生活的比较，对未来的更好希望，以及短暂的天伦之乐。几十年的茶叶种类变化和饮茶方式进步，无不揭示了他们一代人生活轨迹和向好、向上的生命历程，只是享受社会进步和经济改善的时间太短，这留给了我们许多遗憾。

十二、养鸽子

　　鸽子是我们家偶然得到的。记得在一个春节临近的中午前，天气阴冷，天色铅垂。一场大雪如期而至，天色更加灰暗。突然一只鸽子飞到我们家屋檐的椽子上蹲着，它东张西望，并不断发出咕咕声音，看似异常紧张和无助，我连忙叫爸爸看看，确定捕捉方案后，我和父亲做了分工。我远远地站在鸽子的视线内，让它发现我，又感到比较安全，父亲悄悄地从后面接近，并成功地抓住了它。回到家鸽子多次试图挣扎逃跑，我们始终没有给它机会，父亲连忙从母亲针线篓里找出剪刀剪去鸽子两旁翅膀上的羽毛，关在打了多个孔洞的纸盒内，放上半碗清水和大米囚禁了几天，待它安静了一些，才放出来在室内与鸡为伍。随着时间推移，鸽子也慢慢适应了我家环境，先与鸡争食，后也敢于跳上桌子与我们对视，只要我们离开饭桌，它就迅速跳过来，啄上几口它认为可以吃的饭食，甚至是菜。当时老家养鸽子不多，我们也感到稀奇，怕它被猫当成活食，平时都关注它，保护它，放学回来还与它玩玩。

　　两三个月后，它的翅膀慢慢长了出来，先在家里空间扑腾，后来到家门口，经常仰望天空，一听到天空中传来鸟叫声就抬起头，脑袋两边摇晃，我们害怕它飞走，就要爸爸再剪去鸽子翅膀上的羽毛，父亲没有同意。一天早上，鸽子与鸡走出大门一会儿，只听到翅膀扑腾声音，我连忙奔出门外，看到鸽子飞走了。我心里极为难过，以为它就彻底离开我们，去寻找属于它的家、它的天空。大约一个小时，忽然又听到咕咕的声音，我们喜爱的鸽子终于回来了，望着灰绿色的鸽子，我和妹妹们十分激动，赶紧把这个好消息告诉在店里上班的父亲。就这样鸽子在我们家落户了，它每天上午、下午各飞出去一次觅食或溜圈子，回家就待在我们家为它临时用木条钉成箱子。中间生了几次蛋，只是没有公鸽不能延续下一代。这家伙倒也无所谓，该吃就吃、该飞就飞，太阳落山之前肯定回来，不要我们操心，逢我们吃饭还两眼贼溜溜地转着、盯着，发出咕咕的声音，有时候也围着我们转来转去，不知是宣示主权还是献殷勤。邻居家孩子或是同学到我们家玩，它不太喜欢，飞到屋梁上，远远地用一双小小的黑色眼睛看着。

　　有一天的下午，它在家里上空与一群鸽子嬉闹。我们一看，心想完了，它这次真要飞走了，望着不断远去的鸽群，心里比较失落，一时无语。过了好大一会儿，就在大家越来越失望的时候，只听到熟悉的咕咕声重新响起。我惊喜地看到，不仅我们家的灰绿色的鸽子回来了，它还裹着另外一个鸽子回来，原来我们家雌鸽魅力大，竟然从人家鸽群带回一只雄鸽，完成了夫妻配，它终于后代无忧了。过了不久母鸽又生了鸽蛋，经过一对鸽子多天的轮流孵化，几只小鸽子破壳而出，成为我们家为数不多的高兴事，随着小鸽子长出羽毛，忽然于某一天也与它们父母飞向天空，我们家鸽子也就慢慢多了起来，鸽蛋有时也成了我们吃食，鸽子蛋比较小，口感比鸡蛋好，一口一个。偶尔我们也能吃到父亲杀的鸽子，只是杀鸽子很残忍，从鸽子笼内抓出后，直接摁在水中溺毙后，后面基本上同杀鸡相同。鸽子肉很鲜美，比鸡肉更好吃，只是我们不长吃，主要不太爱看杀鸽子，这些也是多数孩子不太适应的地方。

鸽子在我们家生活了几年，后来怎么处理的，就印象不深了，但记得，这些鸽子是在姚家租屋养的，1976 年全家离开姚家庄时，鸽子在之前就没有了。

我怀念鸽子带给我们少年为数不多的快乐，更梦想自己像鸽子一样飞翔于蓝天，姚家庄、横泾镇的世界确实太小了。

十三、杂鱼冻

高邮与宝应、兴华三个县市，历史上简称高宝兴，地处里下河地区，俗称锅底。因为地势低，水从四边流来，所以任何地方缺水，我们那儿也不缺水，还经常遭遇水灾。解放后大约 60 年代，在周总理的关怀下，中央政府在江都运河与长江交界的地方，建设了一个巨大的江都抽水站，保证了里下河地区旱涝保收。但也面临另外一个问题，就是水质不太好，过去由于对生活、工业废水处理能力不高，有些被污染的水也自然流到我们这儿，加上各县市都建有小造纸厂、小化肥厂、小化工厂，导致空气、地表和水质都受到了影响。比如，高邮流向兴化的北澄子河，水体发黑，鱼虾全无。90年代由国家统一对三小厂进行整治，20 世纪初，地表和水质有了较大改善，特别是南水北调东线经过高邮，在河两岸规定的范围内禁止家庭养畜、并对过去单个家庭的厕所进行无害化处理，目前的环境比 10 年前更好。老家的鱼比以前也多了，但我多年想吃地道的杂鱼冻却一直没有实现。

那时，当地有一个习惯，每逢春节到来，村里干部就会安排几次拉网捕鱼，春节是中国人最重要的节日，大家都在这个节日休息、聚会、走亲访友。节前组织几次打鱼，一来分给农户添加过年的热闹，也能让大家减少一些开支，因此每年的打鱼基本上成为我们少时的记忆，用网捕鱼不论大小，全部是野生，况且那个时候，还没有养殖的概念，因此一网上来，大鱼集中起来后分到各家各户，小鱼也就是我们那儿所说的小猫鱼杂子，则为领导按照自己喜好直接拿回家，或者给自己关系比较近的人家，我们常为其中之一。

杂鱼冻是许多小鱼一起煮成的，另外还需要低温条件，它必须是冬天，至少是天气比较冷的时候，否则冻不起来，因此要满足以上两个条件，只能是临近春节的时候。

母亲或者我们孩子在上岸的网旁边等着，拉网的农民将大鱼收好后，剩下的水中垃圾和各色小鱼就留给我们处置。我们扔掉方便快速处理的垃圾后，用比较大的篮子或者脸盆装回家再进一步处理。

小鱼实际由多种鱼组成，其中占主要部分的是一种叫罗汉口子的鱼，这种鱼长不大，最大也只有 5～8 厘米，大小如小孩子的指头，有的还发出金黄色的光影，这种鱼繁殖很快，更不需要人工养殖。过去我们钓鱼时如果有此鱼上钩，通常是告诉我们短期内没有大鱼上钩，赶紧挪窝吧。另外还有小的参子鱼、小鲫鱼、小鳊鱼、小虾，以及其他水中生物，有时也见到长得如指甲盖大小的东西与杂鱼一起，它能爬行，至于叫什么并不清楚。另外也可能有河豚，这个鱼，一定要拿出来，否则会出事的，听说有人食之而亡。

母亲坐在倒下小凳子上，将这些杂鱼倒在面前的地上，用手将一只小鱼内脏从鱼的前腹部挤出后，直接放到竹篮子，遇到较大的鱼时则用刀从鱼腹部取出内脏和鱼头部位的鱼鳃，最后刮去鱼鳞再扔到篮子里，一晃就过了两三个小时，大半篮子的杂鱼经过这样的程序后，全部装在了充满腥味的竹篮子里，老母亲半站起来，用拳头捶捶后腰就到河边清洗，返回后直接上锅。后面的程序基本上同平时的烧鱼，不同的是烧小杂鱼过程中加入我们平时吃的咸菜，另外就是水放的比较多。出锅时一股鱼肉的香味随同热气喷涌而出。母亲用脸盆装入，除了当天需要吃的外，其他全部拿到条几上自然冷却，上面盖了木制锅盖，再用两块砖头压重，以防野猫偷吃。

当天还热乎乎的一大碗杂鱼，不一会儿就全部吃完，因为是小鱼，鱼刺也很软小，小鱼的骨头、鱼鳃这些也忽略不计全部入肚，其味道非常鲜美，特别是杂鱼中加入咸菜（雪菜或者野麻菜）后更加好吃，剩下的鱼卤子，也被我们倒入稀饭内一并吃下。随着吃饱后的打嗝声，大家陆续离开了饭桌，开始难得的幸福夜晚。

第二天早上，放在脸盆里的杂鱼因低温影响都呈冻状，鱼卤子像牛皮糖，装出来还有些颤巍巍晃动，鱼冻作为早餐的佐菜大家一起享用。杂鱼冻放到稀饭时起先还能坚持原来的形状，一会儿工夫，随着稀饭的温度，化成鱼卤流在稀饭的上面，只有大小不等的杂鱼还横竖在碗内。

中午也用勺子装上一碗，如果再倒上一些醋，味道更香。现在回想起来，再怎么做也做不出小时候的味道，包括我平时的红烧鱼，只是回到高邮或扬州时，小妹妹能做出七八分感觉，但与记忆中的仍有差距。我暗暗下决心，要用今后退休的时间重新找回。

别人的乡愁是一张船票、一个电话，我的乡愁是杂鱼冻和咸猪头。从严格意义上讲，我不是吃货，但接地气，在饮食文化上虽然没有发言权，更没有人家把一道道美食写得那么形而上，但我怎么老是记着这两道普通而又常见的吃食呢？

十四、四分之一的月饼

小时候，月饼只有中秋节才能尝到，我们老家的中秋节称为八月半，每逢八月半快到的时候，通常学校都要放秋忙假，一般半个月左右。中秋的季节正是一年最美的季节，除晚稻外全部粮食都要收回仓库，同时还要准备种麦子。这也是一年比较忙的时辰。供销社每到这个时候，就在后院的一个空闲房屋，召集有经验的师傅赶制月饼，我们老家的月饼多是苏式，月饼皮是酥的，这一点区别于广式。月饼通常只有五仁和豆沙。由于当时经济和物流条件不好，每个乡镇都是自己制作供应本公社人员，还要实行定量供应，按照家中人数给票，我父亲工作的商店就负责这个销售供应。每逢月饼从横泾镇进货回来，小小的商店就有一股淡淡的芝麻香味，村庄里的老老少少拿着票据和钱排队到商店采购。不像现在供应丰富，卖不掉还找美女在线上带货。那时候，有这些吃的，不管味道如何，怎么也是享受。当然也有一份属于我们家的月饼（包括月饼卖完后，留在缸底的月饼皮屑），中秋节那天上午，母亲负责分月饼，一个月饼用菜刀切成四份，一人一份（母亲需要认真对待，将月饼尽可能切得大小一致，以显公平，否则一场吵闹就不可避免）。月饼直径为 8～10 厘米、厚度 3～4 厘米，表面呈酥状，一碰就有带着芝麻的月饼屑掉落下来，因此我很是小心，将属于自己的四分之一月饼小心收藏。一般用做作业的纸将它多层包好，放在没有破洞的口袋里，放在家里怕老鼠，更怕二哥吃了。嗅到月饼诱人的香味时，我就找到没有人的地方，从口袋里把它拿出来，剥开多层包裹的纸后，用手沾着屑子细细品尝着，想从中找出不同的感觉和味觉享受。有时候月饼上面的油透过作业纸，渗透到衣服的表面，形成一块比较深的颜色。

几天过后，这个四分之一的月饼，终于受不了我的蹂躏，变成细碎的一堆，或被压得不成形后，才在母亲催促下完成最后绝吃。

四分之一月饼是特殊年代的印记，现在孩子已经不再多吃月饼了，他们有更多、更好的食物和诱惑等着，不充分、不全面、不公平的供应对他们来讲，是无法想象的，就连我女儿都说我是在讲故事。但我仍然坚持中秋节买上一些，有时候买一个大月饼，直径达到20～30厘米，一家人吃了半个月也不见少。中秋节的早上，还买上菱角、芋头和莲藕等一并秋季食物当早餐，让两个外孙女感受一下传统的风俗习惯和饮食习惯。她们虽然入了外国籍，但骨子里还是中国人，我就是要让她们从小记住一些东西，将来不管是否在国内生活，一些需要记住的更不能随便忘了，其实对她们来说就是要把它当一种乡愁，融化在血液里、记忆中。

十五、过年

过年是我们对春节的称谓，关于过年的传说很多，据说远古时代有一个叫年的凶猛动物，经常伤害人，特别是腊月的隆冬时期，可能是先人们在这个阶段通常在山洞或者简陋的房舍内躲避风寒，而这个年可能多在此时没有什么吃的，故挺着胆子攻击已经直立行走，且会制作工具的人类，所以先人们通过各种方式，包括祭祀活动求得安宁。经过长时间观察和总结，发现在房子外面放置肉块让其吃饱离开，或用鞭炮吓阻方式成本较低。随着这些活动慢慢程式化，也逐渐成为一个民间习俗，所以叫过年。

我们家那儿对过年又有一个形象的说法，叫年关，意思过年像过关，比如对别人欠的钱要考虑算账归还，农村生产队或单位要核算兑现，春节孩子们要添点儿新衣服，亲戚之间要走动准备一些薄礼，要给老人一些钱物表示孝敬，等等，这些都需要一定的财富作为基础，在物质积累不多的过去此时如同关口让人发愁，需思考如何跨过。

节气进入了数九，俗话说得好，一九二九难出手，三九四九冰上走，这时候多是全年最冷的时候。小时候比现在要冷得多，大雪过后，大地苍茫一片。风小的时候，我们也在结了冰的水田上面玩，时常摔倒，遇到冰层不厚双脚就会掉入冰下，甚至鞋子上还布满了淤泥。每逢此刻就回家在床上度过，母亲用锅灶的余温将我们棉裤烘干，也有胆大年轻人在结了冰的河面上胆战心惊地走着。每逢雪后的房檐上总是挂着冰凌，我们经常把它砸下来玩。小时候衣服少，一件不知新旧的棉袄里面，大多只有一件夏天穿的旧衬衫贴身，下面只有空荡荡的棉裤，冷风从袖口、棉被下摆和裤脚等处钻进来，一股股寒气直达丹田。但这也不影响我们年少无忧，更不影响我们对春节的热切向往。

腊月二十四送灶王爷开始（好像北方是腊月二十三送灶王爷），我们家晚上就有一两个荤菜上桌，通常有鲢鱼、红烧肉、烧青菜（那时我们那儿没有大白菜、土豆、西红柿等菜）、咸肉或咸鸡汤这既是春节前的预演，也是告诉我们春节前各项准备真正要开始了，当天晚上，有些胆子比较大的人，往往吃过晚饭后，缩着脑袋，抱上自家或偷抱别人家的一些稻草，拿到荒郊野外的渠边点燃起来，这是当地送灶王爷的节目。腊月二十四晚上是没有月亮的，漆黑的夜空排排树干透出黑影，冰封的河面泛出颤悠悠的光，北风发出阵阵凄厉的声音。燃烧的稻草照亮了不大的地方，火苗随着呼呼的北风不断变化着方向，许多年轻人站在周围，高兴地说着什么，透过温暖的瞬间，人们还是兴奋和高兴的，似乎过去的烦恼和辛苦与自己无关，或许一捆稻草燃烧出的不仅短暂的温度和明亮，更是给明天带来了希望。随着火苗慢慢消失，不远处若有若无的灯光，似乎让他们又回到了寒冷的现实，大家又习惯地抄起手、缩起脑袋向刚才走来的方向返回，几千年的农耕社会，切实需要现代文明和社会变革、技术革命加持，否则就永远走不出这个漆黑的夜晚。

腊月二十四就将一个个传统的乡村带入了春节的节奏，多数人家开始过年的各项准备，家境好点儿人家要煮盐水黄豆、盐水花生，甚至还磨上几斤豆腐，做了一些团，将平时腌制的咸货开始放在水中浸泡，到了二十七、二十八，各家各户就炒蚕豆、炒葵花子。家家户户阵阵的炒货香味，让麻雀都高兴许多，东飞飞、西喳喳地叫个不停，太阳也努力透过云层将不太温暖的阳光照在人们辛苦的脸上。那几天是我们最兴奋的日子，作业也都不做了，整天几个小朋友一起东走西跑，大人忙也不想多管，总想把春节喜庆所带来的快乐多给我们一些。

转眼，除夕夜到了，我们那叫三十晚上，就是年二十九的除夕夜也是这么叫。除夕夜的晚饭制作通常以母亲为主，父亲次之，晚饭菜是全年最为丰盛的安排，雷打不动的冷菜是咸肉片、咸鸡和咸鱼，另外还有一点儿盐水花生、茴香蚕豆，热菜是肉圆红烧黄花菜（黄花菜泡开、洗净，几个一起打个结，方便筷子夹）、红烧鱼、汪豆腐（高邮的汪豆腐，远近闻名。它用切碎的豆腐、猪血和荤油渣做成，最后用豆粉勾芡，装入碗前再洒上一些黑胡椒粉和葱花）烧青菜等，条件好一点儿的人家桌上还有熏猪肉和红烧鸡鸭，我们家经济条件大概中等偏上。面对一年一次之饕餮盛宴极为兴奋，下午都围着这些菜从锅屋至堂屋不停地走来走去，为的是能得到赏赐而暂时解馋。随着最后的汪豆腐上桌，晚饭正式开始，父亲在酌上酒前与每家每户一样，在门口放一串鞭炮，几乎在相近时刻，全庄的鞭炮声此起彼伏，宣告一年一度的除夕夜开始了，我们对鞭炮不感兴趣，但对鞭炮后面的吃食很用心。

这天通常是我平日吃得最多的一个晚上，往往夜里睡觉还打着酸气的嗝。吃过晚饭也无事可做，最多也就是扫一扫地，因为明天的大年初一各家各户是禁止扫地，说是大年初一扫地会把财气扫走了，只允许将它们用扫帚拢到墙角。那个时候已经有了广播，广播里不断宣传着当时的京剧和政论性文章、新闻。有时候我在想，我们老家人在当时是不是扫地扫得太多了，财气因而积攒不下来。看来生活不太考究往往也是有好处的，不信？你有没有听说，有个印度乞丐四十多年没有洗澡、刷牙，活到七十多岁时还精气神十足，但被好心人替他认真洗了一次，没有几天就去西天报到了。

大年初一是我们最忙的时候，早上，我父亲放上四个二踢脚和一串鞭炮，以示喜庆。我们匆匆吃了一点儿汤圆和稀饭。就急忙穿上新衣服。一来上街与小伙伴们显摆，二来到每家去拜年，针对不同的长辈送上自己认为最好听和吉祥的祝福，他们就会抓上一把葵花子或者花生给我们，无师自通的我将衣服口袋分类，那个时候已会分类和组合，看来后面的部分高等数学白学了。装葵花子的口袋安排两个，装花生和蚕豆口袋各安排一个。我们在村庄挨个转悠一个上午，几个口袋装得鼓鼓囊囊，回家再将它们分别倒入属于自己器物中，以供日后慢慢享用。下午就是几个小伙伴在一起分享各自的胜利果实，其实这些果实多寡往往与父母亲在小小的村庄的社会地位和人缘关系正相关，也与我们努力有关系。与几个平常玩得多的小伙伴比起来，我往往属于头几名，心中颇为自豪。后面的时间对于父母而言都是你来我往的时候。

年初五，是那时春节结束的时候，我们那既没有实质的元宵节，更没有什么灯节，经济拮据得能简则简了，但带给我们的喜悦还是很多的。春节前后通常是立春的节气，而且多数在春节节日之前。立春表示冬季已经过去，开始进入风和日暖、万物生长的春天。农村讲，立春赤脚奔，意思是节气到了立春可以赤脚走路了。中国二十四节气是以黄河流域确立的，黄河流域能在这个时间段赤脚行走，我们家地处长江北岸则更应如此。大年初三，各家各户的农民在生产队队长招呼中准备春耕了，有人用木榔头捶软稻草搓绳，有人开始收集畜粪，有人在选取优质稻种。几千年的农村仿佛就是这样，年年如此，天天干活，农民苍老的面孔上虽然刻满了沧桑和皱纹，但仍然在不停地劳动和期盼中，迎来一个又一个繁忙的季节。

十六、尾声

春天悄悄来了，随着气温逐渐升高，老父亲也在争取脱下他独有的厚重棉袄，在乡镇这转转、那瞧瞧，看哪一棵杨树先吐出细芽，哪条河的绿水流到我家，哪户墙上蔷薇先开出第一朵碎花。几度春华秋实，几度夏荷冬雪都似乎与他无关，但又真切地出现在父亲生活和视野中。

几十年过去了，虽然父母亲离开了我们，但他们鲜明的个性和生活态度，还时常出现在我们的脑海里，留存在我们的记忆中。日益成为我们积极向善、为人处世的精神源泉。

随着我的年龄不断增加，回到姚家庄、周罗村、三郎庙看看的欲望也不断地增长。想看看生我养我的黑土地，看看父亲曾经多年工作、生活的乡村，看看伴随父母亲坎坷、操劳一生的河流、桥梁、街道、老房。

追忆过去，启迪未来。

2016 年 7 月 5 日至 2022 年 6 月 20 日于深圳、南通、贵阳和上海等地

也谈坚硬的稀粥

　　20 世纪 80 年代中期，王蒙先生写了一个短篇小说，叫《坚硬的稀粥》，小说以一个孙子的口吻写的，大概意思是说，我们家祖孙三代生活在一起，由于各自的生活经历和成长环境，导致早餐习惯不太一样。爷爷喜欢大米稀粥、馒头，爸爸喜欢豆浆、油条，我则喜欢牛奶、面包，但家里一言堂风气浓厚，爷爷一直是做最后的决策人，长期以来的早餐仍然还是稀饭和馒头为主，我们虽有许多不满，也只能停留在当面偶尔提意见，背后经常发牢骚阶段，在可以预见未来的一段时间被替代的可能性几乎为零，稀饭成为早餐上坚硬的存在。小说是否有其他暗指不做讨论，今天仅想以个人生活经历写一篇以稀饭为题材的文章，就叫："也谈坚硬的稀粥"。

　　人们都说，一个人饮食偏好，都与自己生活经历密切相关，我也以为然。

　　小时候，我们家庭生活境遇还是比较差的，多数时候，是头天晚上用一斤多大米熬成的一大铝锅稀饭，全家老小吃剩后，就放在那儿过夜，早上起来后将此稀饭用煤炭炉子加热后，搭着一碗可以吃几天的霉干菜，权当早餐。那时候对早餐是无奈之下的深恶痛绝，一是食之无味，如同嚼蜡，头天晚上的稀饭本来熬得像棉花，没有咬劲儿，而且非常稀，大口一吹，可见涟漪，加上又泡了一夜，早上加热后吃到嘴里，全然无味，二是热量不足，营养缺乏，稀饭吃完后就背着书包到学校，到学校后通常背着头天的语文课或算术公式，我们上小学时经常大声背着，用声音想证明自己对课本的理解和掌握程度，上了一堂课，去厕所撒一泡尿，肚子就饿了，剩余的三节课，只能是在饥肠辘辘中度过。就这样，每天早餐的规定动作，稀饭成为不可替代的食物，它成为心中永远的回忆。

人就是一个矛盾体，小时候记忆的稀饭是苦涩的，千百次的重复成了被动接受，让胃渐渐有了记忆。随着生活条件变化和工作场所变更，如果有一段时间没有吃上稀饭，还有些不知从何而来的一丝牵挂。过去几十年中，稀饭在早餐中并不坚硬，有时有、有时无，有时是这样，有时是那样，但留下的记忆却是坚硬的，使我经常想吃一点儿，不断唤起曾经的味道。

参军后，早餐发生了较大的变化，在辽阳和重庆的早餐，通常是面糊和馒头，偶尔也有一个鸡蛋和油条。面糊有时用面粉直接冲入热水中，加入一些调料烧熟而成，有时也用小米熬得黄黄的上桌，咸菜有大头菜或者萝卜丝，味道和营养的确比小时候的食物好多了，有时候也有大米稀饭，只是不能每天食之，但不同的稀饭，对我过去的稀饭认知发生了变化。

毕业到南京工作后，早餐是基本正常的，通常由炊事员在当天早上熬制的稀饭和做的馒头、包子，配上萝卜咸菜，如果当天出差，也会自己买上麻球或者油条、茶叶蛋，这时候的稀饭对我来讲，是唤起了心灵深处的那一点儿香甜。

结婚有了孩子后，由于住处离公司远，通常在很早就坐上了公共汽车，早上时间紧，在家里吃早餐几乎只有周日休息时的奢望，平时是不可能的。如果来得及，零钱够用的话，会在南京岗子村的公共汽车站附近早餐点买上些乌饭、油条、豆浆等餐点，白米稀饭距离我们是遥远的，但我多数时候是不吃早餐的，一是早上太早吃不下，二是每天如果能够省下两毛钱，一个月可有几块钱，可以买上《读者文摘》（现在改称为《读者》）、《小说月报》等杂志。这样一来，早餐犹如两天打鱼，三天晒网，长期的不吃早餐，让我逐渐有了胆结石，最后在1997年吃了一刀，想之晚矣。

随着年岁增长，加之对早餐重要性认识提高，早餐就逐渐变成了必须，虽然式样和营养搭配可能还谈不上，但坚持早餐是自己的理性选择，只不过由于多是在街头采买和将就，那曾经熟悉的稀饭离我还是比较远的。

今年上海新冠疫情流行比较严重，处于足不出户阶段已经一月有余。疫情期间，由于不能正常到写字楼上班。居家办公，时间相对充裕，以稀饭为代表的早餐又出现面前，我几次用大米做了稀饭，开锅瞬间，那大米香味迎面而来，盛上碗后，伴上可口的咸菜，我吃得有滋有味。回想起小时候的稀饭，为什么不能有好的记忆呢？我不禁仔细端详着这精致的小碗里稀饭，思考那个特殊时期的稀饭与今天的稀饭的不同，细看之，今天的稀饭比过去的有咬劲，是纯大米熬制，现做现吃。比之过去的头天晚上用糙米熬得烂烂的相比，今天的口感肯定要比过去好得多，一时间，久违的味道又回到了心灵深处，坚硬的稀粥弥漫了我的心田。

吃了几天后，感觉有些不对劲儿，早餐后到10点半后，肚子开始有些饿了。有人说现在能够感觉到饿是件幸福的事情，我不太理解饿是幸福的内涵，可能是今人吃的东西多了，营养过剩，根本就没有饿的时候，他们没有饥饿的基因记忆。我们这一代人不一样，饥饿是永远的痛点，看来坚硬的稀粥

在心里有了被触动的感觉。几天临近中午的小饿，让我开始
对早餐重新审视。我发现单纯的稀饭是不可与我平时的早餐
相比的，过去一段时间早上 7 点 15 分左右到公司，停好车后
在全家超市买上一碗可以热食的八宝粥，再到商务区的申长
路大街买上一份带有鸡蛋的煎饼，返回到办公室，咬下煎饼
再趁热吃下八宝粥，想必这个上午是妥妥的不饿。而家里只
有纯粹的大米烧好的稀饭，没有吃硬货，营养就不够，吃下
后一段时间就饿了。想明白后，心中曾经坚硬的稀饭则发生
了变化。

近期，吃稀饭过程中，本人也吃一些面包，或扬州老家
的各种包子，我发觉以稀饭为代表的早餐也是可以变化的，
不仅是形式上，重要的是在内容上，否则我们就会饿肚子，
这是我的实践总结。

在近几天做稀饭的过程中，尝试加入一些小米和麦片，
使之稀饭更有了内容的丰富，称之为"南北结合，中西合璧"，
营养和口感确实好多了，它成了我们家早餐的标配，加之面
包、牛奶或者包子、馒头，大家食之，既有统一，也有区分。
试想一下，如果家里祖孙三代人，简单地按照各自喜好各吃
各的，是不是让做早餐的人无所适从？浪费也可能多一些。
但如果只是简单坚持我们熟悉的稀饭，孩子们也不愿意，势
必矛盾也多，如果小孩子营养不够，更不利于后代健康成长，
这是大家都不允许的。

现在想来，稀饭作为早餐的载体是不能没有的，否则早
饭就不会让人成为习惯，但把大米稀饭作为唯一，也是简单
的坚持或是错误的守旧，因此在早餐的稀饭中，加入其他一
些食物，像八宝粥的做法，或者学做一些广东的皮蛋粥、瘦

肉粥；或者在稀饭中加入麦片，配以面包、牛奶、馒头、花卷、包子、面条等食品，让家人在统一中也能寻找到个人偏好，岂不更好。

结合王蒙老师的短篇小说，我感到坚硬的稀粥应当柔软一些，做到与时俱进，不断改善。做家长的，不仅要坚持已经证明是正确的东西，也要善于照顾各方关切，否则，天怒人怨何苦呢？总之，要有坚持，更要有完善、发展和提高，积极做到南北融通、东西兼顾，中为本、洋为用，一定能做出让家庭大多数成员都满意的稀饭和早餐。

2022 年 4 月 23 日于上海家中